ETUDE

SUR

LINGUET

ACADÉMIE IMPÉRIALE DE REIMS.

ETUDE

SUR

LINGUET

Par M. Henry MARTIN.

MÉMOIRE COURONNÉ

DANS LA SÉANCE PUBLIQUE DU 28 JUILLET 1859.

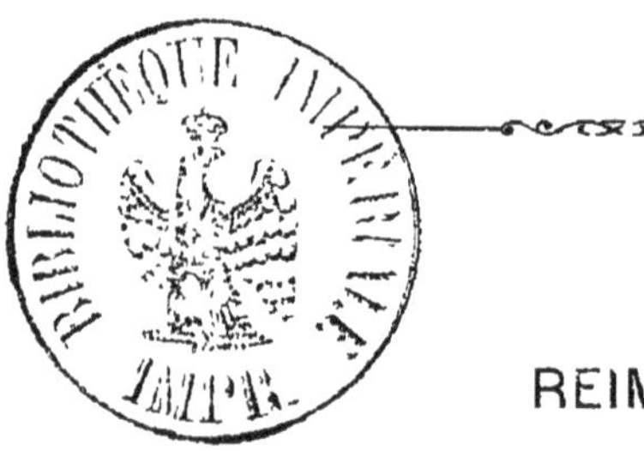

REIMS

P. DUBOIS, IMPRIMEUR DE L'ACADÉMIE IMPÉRIALE

Rue de l'Arbalète, 9.

1861

ETUDE SUR LINGUET

...Non, mon inébranlable fermeté n'est pas de l'égoïsme : ou si c'en est un, c'est celui que l'honneur commande, celui sans lequel l'homme n'est qu'un vil esclave et le dernier des êtres.

Malheur au lâche à qui la crainte de ses ennemis fait perdre la confiance en lui-même, ou qui, par l'espoir de les apaiser, peut feindre un instant de ne plus s'estimer. C'est là le dernier degré de l'avilissement.

(LINGUET, *Annales politiques*, tome II, p. 211.)

Avant de servir de jouet aux esprits frivoles, le paradoxe a été l'erreur du génie. Une vérité féconde, une utile réforme dégénèrent bientôt sous la plume du philosophe, lorsque, trop sensible aux attaques des contradicteurs, il se laisse emporter dans une lutte où le dépit fait bon marché de la raison. Chez quelques écrivains, cet entraînement a été même si fréquent, les a égarés à tel point, qu'on a pu, sans invraisemblance, les accuser d'un culte systématique pour les propositions contraires à l'opinion commune et au plus vulgaire bon sens. De ce nombre est le publiciste qui, dans la croisade du siècle dernier contre le vieil ordre social, a tenu avec le plus de fermeté, peut-être, le drapeau des novateurs, Linguet. Ce hardi raisonneur prend sa place au même rang que les Encyclopédistes, immédiatement après Rousseau, dont la farouche éloquence releva la dignité humaine, et Voltaire, qui fronda les abus avec un discernement si merveilleux.

Personne autant que Linguet n'a payé de sa renommée les saillies d'un caractère inégal.

La lecture attentive de ses écrits, et les souvenirs de la seule famille dans laquelle il ait intimement vécu, m'ont persuadé qu'un cœur prompt à se passionner et un esprit trop actif peuvent donner à l'âme la plus droite les apparences de la déloyauté, et ternir aisément, pour des yeux prévenus, les plus beaux talents. Cette sensibilité excessive, qui l'a égaré comme philosophe, lui a inspiré, comme homme, les injustices que ses contemporains ont imputées à sa mauvaise foi. Aujourd'hui, assez loin des passions rivales pour mesurer leur influence sans la subir, suivons le cours de ses efforts, de ses succès, de ses malheurs, et nous verrons, en faisant la part des faiblesses dont peu d'entre nous osent se flatter d'être exempts, que sa mémoire ne doit pas plus longtemps porter le poids d'un jugement si sévère.

Une étude sur Linguet peut se diviser en trois parties bien distinctes tant par la nature de ses travaux que par les circonstances de sa vie :

La première, qui se termine à son entrée au barreau de Paris, en 1770, comprend divers ouvrages purement littéraires, d'économie générale et de philosophie ;

La seconde occupe sa carrière judiciaire jusqu'à 1776, date de son exil ;

La dernière période embrasse tous les écrits politiques qu'il a publiés à l'étranger ou en France, entre sa captivité à la Bastille et son agonie à La Force (1776-1794).

Chaque époque sera suivie de l'examen des productions qui lui appartiennent.

PREMIÈRE PARTIE. — 1736-1770.

A la suite des querelles religieuses qui avaient agité la fin du XVIIe et les premières années du XVIIIe siècle, le doute avait pénétré dans les meilleurs esprits. Plus la lutte avait été effrénée, plus ses conséquences devaient être funestes. La controverse avait épuisé les croyances ; sans la sévérité prévoyante de Rome, il ne serait résulté dans l'Eglise, du choc de tant de plumes éminentes qui pensaient combattre pour elle, que discrédit et confusion. Chacun consultait sa conscience, cherchant en lui-même le secret de la nature, ou, ébloui par la découverte récente de la loi qui préside au mouvement des mondes, demandait aux sciences naturelles la raison de l'univers. Une secte allait bientôt naître qui devait l'attribuer au hasard. La Cour, inquiète d'une pareille fermentation, maudissait la faiblesse de Louis XIV qui la lui avait léguée, et, pressentant que la chute du trône suivrait de près les atteintes portées à la foi, réprimait avec rigueur les dernières convulsions du schisme. A cette époque, un professeur du collége de Beauvais, à Paris, ayant été suspecté d'illuminisme, fut, par lettre de cachet du 17 Septembre 1731, privé de sa place et exilé à Reims. — Ce fut dans cette ville, à laquelle se lient les plus purs souvenirs de la religion et de la monarchie, que, victime de toutes deux, il se maria, et reçut du ciel un fils dont les premiers succès consolèrent sa disgrâce.

Simon-Nicolas Henri Linguet naquit le 14 Juillet 1736, de Jean Linguet et de Marie Louis, fille d'un procureur au présidial de Reims.

Longtemps on a cherché avec intérêt dans l'enfance des hommes célèbres la trace des talents qui les ont plus tard signalés; cette curiosité se calme à mesure qu'il devient plus évident que leur vie tout entière est souvent un long démenti de leurs premiers instincts. Linguet, interné de bonne heure au collége où son père avait laissé un nom respecté, ne tarda pas à y conquérir le premier rang. Puis, lorsque des concours furent ouverts à l'émulation de tous les colléges de Paris, ce fut lui qui les inaugura par un triomphe éclatant et soutenu. En seconde, notamment, dans la classe où son père avait professé, il prit à cœur de rendre hommage à sa mémoire qu'un deuil à peine fermé lui rendait plus présente (1), et eut la consolation bien flatteuse d'y remporter, à quinze ans, les trois premiers prix du concours général (1751).

Près de lui s'était assis sur les bancs de la Sorbonne un concurrent plus âgé, Dorat, qui devait à l'étude particulière d'Ovide quelques succès en vers latins; leur liaison date de ce jour.

A l'issue de ses études, Linguet entra dans le monde sans fortune, sans appui. Son père, en mourant, l'avait laissé protecteur naturel d'une jeune famille composée de quatre sœurs et de trois frères issus d'un second mariage. Il commença par leur abandonner ses droits héréditaires moyennant une

(1) Son père était mort en 1747. Il avait perdu sa mère dès 1738.

petite rente annuelle dont il ne toucha jamais les arrérages.

Avec un caractère indépendant, un esprit à la fois grave et railleur, il se fût signalé tout d'abord dans la presse politique, s'il ne lui eût été réservé d'en être, vingt ans plus tard, le premier champion. Il dut chercher une carrière qui portât honneur et profit. Le corps des ponts-et-chaussées, d'organisation récente, prenait alors, sous la direction de Perronnet, un essor digne de séduire les jeunes ambitions. Linguet, voulant y entrer, consacrait tous ses instants à se perfectionner dans les mathématiques, lorsque le duc de Deux-Ponts lui fit proposer la place de secrétaire auprès de lui. Les avantages immédiats et les relations que devait lui procurer cette position le déterminèrent à interrompre une étude qui, d'ailleurs, ne fut pas sans profit pour l'avenir. — Il partit à la suite de ce seigneur, visita l'Allemagne, la Pologne, et le quitta tout-à-coup dans d'assez mauvais termes, blessé, sans doute, par des procédés qu'il crut inconciliables avec son mérite. — Ainsi, au début de la vie, son humeur chatouilleuse privait Linguet d'une place brillante qui eût pu être pour lui un acheminement à la carrière diplomatique.

Lorsqu'il rentra à Paris, vers la fin de 1754, la France, sous une prospérité apparente, saignait par plusieurs blessures. Depuis le traité d'Aix-la-Chapelle, son crédit politique semblait affermi en Europe; mais on sait quels obstacles nouveaux ajournaient, à chaque instant, la paix intérieure. La Cour, le Parlement, le Clergé luttaient de scandales. Divisés au moment du péril, ces trois pouvoirs résistaient mal à l'Encyclopédie naissante. L'Eglise, cause première et première victime de leur désunion, faisait de pénibles efforts pour recouvrer son unité. La haute magistrature, exilée en masse, puis rappelée, allait recevoir un nouveau coup de la main royale; la marquise de Pompadour semait capricieusement les disgrâces dans le conseil d'état; la nation avait tant de maîtres qu'elle finissait par les mépriser tous.

Linguet revint pour assister à ces déchirements. Le spectacle des malheurs publics l'instruisit des principes inhérents à l'économie des peuples et lui mit au cœur la haine des doctrines nouvelles. Non pas qu'elles lui parussent en désaccord avec les lois de la nature, mais il comprit que leur application devait être l'œuvre du temps, et non le fruit d'une sanglante catastrophe.

Toutefois, par une sage défiance de lui-même, il ne se mêla pas tout d'abord aux adversaires des philosophes, et trompa son impatience dans la fréquentation des sociétés frivoles où Dorat, son ami, le présenta. — Née d'une estime réciproque accrue par une vie commune et des travaux communs, leur liaison empruntait encore à la diversité des humeurs le charme que certains esprits trouvent dans la discussion. — Le jeune poète étudiait le droit, — Linguet s'y intéressa insensiblement; — de là matière à ces luttes qui sont les premières armes de la parole et de la pensée. Si Dorat succombait dans ces rencontres, il prenait bien sa revanche sur un autre point : sa plume était plus souple et plus ingénieuse à traduire une élégie de Tibulle ou de Properce, quand ils s'appliquaient ensemble à faire passer dans notre langue, à la faveur de la poésie, les hardiesses latines. Ces fruits de leurs loisirs n'ont pas vu le jour. En 1755, cependant, ils publièrent un *Voyage au labyrinthe du jardin du roy*, sorte de paraphrase du *Pervigilium Veneris*, en prose et en vers. L'*Année littéraire* fit bon accueil à ce petit ouvrage, dont elle cita imprudemment des extraits peu propres à justifier pareille faveur (1).

Les jeunes auteurs, qui avaient eu le bon goût de ne pas signer le volume, sentirent qu'il valait mieux encore garder tout-à-fait le silence jusqu'à ce que l'expérience eût nourri et fortifié leurs talents. Aussi, ne voyons-nous que trois ans après, Linguet, alors âgé de vingt-deux ans, donner à la Comédie Italienne, sous le titre de : *Les Filles-Femmes*, une parodie de l'*Hypermnestre* de Lemierre. Cette petite pièce, représentée pour la première fois le 27 Septembre 1758, et remise au théâtre le 25 Décembre suivant, eut quelque succès. Les vers en sont heureux, assouplis par une main exercée au désordre de la conversation ; on y rencontre même un dialogue (2) qui se lirait avec plaisir dans Molière.

A dater de cette époque, Linguet ne donna plus que des ouvrages sérieux. C'est qu'à cette époque aussi, il perdit l'amitié de Dorat et, par suite, l'influence que répandait sur sa gravité naturelle le commerce de ce charmant esprit. Si l'on trouve désormais sous sa plume quelque plaisanterie, elle n'est qu'incidente et couvre une morsure.

Dorat ayant quitté l'étude du droit pour entrer aux

(1) Mars 1755, 1er volume, p. 333.

(2) Scène IIe. Elle commence ainsi :

Les femmes ont, Monsieur, dans le siècle où nous sommes,
Un talent merveilleux pour attraper les hommes... etc.

Mousquetaires, ils cessèrent de vivre ensemble. Cette séparation donna lieu aux ennemis que Linguet se fit plus tard, de porter sur sa probité une accusation dont son ancien ami le défendit lui-même. On prétendit qu'il avait détourné cent écus du secrétaire de Dorat (1). Le fait qui avait fourni matière à cette calomnie est trop fréquent pour qu'on puisse l'interpréter ainsi sans mauvaise foi. Quand la bourse commune, riche, d'une part, des libéralités du duc de Deux-Ponts, et alimentée, de l'autre, par la famille de Dorat, fut réduite à cette dernière ressource, le petit ménage eut de mauvais jours ; il fallut aviser. Dans un moment difficile, celui des deux qui seul offrait quelque garantie par sa fortune souscrivit quatre billets. Linguet les négocia et en rapporta la valeur, dont il conserva la moitié sur l'invitation de son ami. Hâtons-nous de dire qu'il ne tarda pas à acquitter sa dette (2).

Croirait-on que cette aventure ait été sérieusement invoquée contre lui, d'abord lorsqu'il se présenta au barreau de Paris, et quand il fut ensuite question de l'en exclure ? — Il en est une autre aussi puérile par son objet et aussi méchamment travestie pour laquelle il fut obligé d'appeler le duc de Deux-Ponts en témoignage.

Ce seigneur, en l'appelant auprès de lui, le chargea d'amener son équipage de Paris à la frontière allemande. Un des chevaux qui composaient cet équipage mourut en route. Quelque valet mécontent

(1) Ils occupaient en commun un petit logement près des Halles, dans le cul-de-sac de Rouen, démoli vers 1780.

(2) Voir la lettre de Dorat (Juillet 1775), *Journal de politique et de littérature* (du 15 Mars 1776).

insinua que le nouveau secrétaire du duc avait vendu le cheval et s'en était approprié le prix. Mis en demeure, plus tard, de prouver son allégation, il se rétracta.

Voilà les seuls griefs que l'on ait produits contre l'honneur de Linguet.

Dorat ne devint pas son ennemi, mais ils ne se rencontrèrent plus que pour railler, à la table de Fréron, les convives de Mesdames du Deffant et de l'Espinasse. Là se réunissaient, sous la présidence du directeur de l'*Année littéraire* et du *Journal étranger*, tous les coryphées de sa secte : Duport du Tertre, Palissot, Gastel Dudoyer ; là s'envenimaient les traits de la comédie des *Philosophes* et se forgeaient les armes dirigées contre eux.

En 1760, Dorat mit au théâtre la tragédie de *Zulica*. Devérité et, à son exemple, plusieurs biographes, ont prêté à Linguet une part importante dans la refonte de cette pièce. Cependant Dorat nous apprend, dans la préface de *Pierre le Grand*, seconde édition, en quelque sorte, de *Zulica*, que le vieux Crébillon a été, seul, son collaborateur.

Le premier ouvrage qui attira sur Linguet l'attention du public, l'*Histoire du siècle d'Alexandre*, parut en Mai 1762. Il est dédié au duc de Lorraine, dédicace où Charles XII et son royal protégé sont adroitement unis dans un même éloge. Peut-être est-ce Fréron, favori de Stanislas, qui lui fit adresser cet hommage. — Nous étudierons ce livre en même temps que les autres productions de Linguet vraiment dignes d'examen ; mais il faut citer ici la première témérité de sa plume. L'historien débute ainsi :

« Je ne crois pas qu'il y ait jamais eu un tyran dont

» les caprices soient devenus aussi funestes à l'humanité que la valeur d'Alexandre ou de César. La cruauté tranquille et réfléchie des Tibère, des Domitien, ne privait Rome que d'un petit nombre de citoyens dans une longue suite d'années ; mais une seule bataille, comme celle d'Arbelles ou de Pharsale, coûtait plusieurs millions d'hommes au monde et dépeuplait des pays entiers. »

De semblables propositions ne pouvaient manquer d'éveiller la curiosité dans un monde enthousiaste de libre-penser, au milieu duquel la hardiesse, avec quelque apparence de raison, était encouragée par ton. L'auteur avait, sans doute, compté sur cette disposition de l'esprit public ; le succès répondit à son attente.

Au moment où les journaux citaient une appréciation si nouvelle des conquérants, l'Europe venait de perdre, en six années, huit cent mille hommes dans vingt grandes batailles.

La France, pour sa part, victime d'une alliance impolitique et d'une provocation déloyale, battue en Saxe, en Hanovre, en Westphalie, au Canada, aux Indes, sur la mer comme sur le continent, allait asseoir une paix honteuse sur de honteux désastres.

Rien encore, il est vrai, ne présageait le traité de Paris. — Par une manœuvre habile, le duc de Choiseul, unissant la destinée de plusieurs Etats à celle du royaume, semblait avoir conjuré son humiliation ; à l'appui de cette union, douze bataillons partaient en Espagne. — Le prince de Bauveau, qui en reçut le commandement, s'attacha Linguet en qualité d'aide-de-camp pour la partie du génie.

A quoi celui-ci dut-il cette faveur ? — A la recommandation des chefs du parti anti-encyclopédique qui étaient les familiers du prince, à celle de Tronson-Du-Coudray (1), son distingué compatriote, ou à ses études antérieures? C'est un point qui n'est point encore éclairci. Toujours est-il que le jeune littérateur quitta Paris avec une mission militaire, et, conformément à l'ordonnance du roi du 11 Mai 1762, franchit les Pyrénées dans le courant de Juillet.

Peu de jours après, parut l'arrêt de proscription des Jésuites de France, écho formidable du coup qui leur avait été porté en Portugal, et dont les deux mondes retentirent. Ce n'est pas ici le lieu de nous arrêter sur cette mesure, sur son histoire si curieuse, ni sur la savante polémique qu'elle suscita. Toutefois, à l'occasion de deux pièces manuscrites qui coururent alors sous le nom de Linguet, et qu'il fit imprimer l'année suivante, nous devons dire qu'une certaine conformité d'opinion l'avait lié au P. Berthier. On a prétendu que celui-ci s'était acquis le zèle de Linguet pour la défense des Jésuites, en lui promettant la cession de son privilége au *Journal de Trévoux*, promesse qu'il aurait ensuite éludée.

Cela n'est pas vraisemblable. — Il faudrait supposer dans ce jeune cœur, qui péchait par trop de fierté, une bassesse inadmissible ; — dans le prêtre, une fourberie dont sa mémoire eût conservé quelque chose. — D'ailleurs, quelle probabilité qu'un ouvrage, rédigé depuis soixante ans par les écrivains

(1) Le père de l'avocat, officier d'artillerie, esprit d'élite, cœur généreux ; il offrit, un des premiers, ses services à Washington ; mais, peu après son arrivée en Amérique, il périt emporté par la Delaware, dans la terrible nuit du 25 Décembre 1776.

les plus considérables de la Compagnie de Jésus, dût passer subitement aux mains laïques d'un jeune homme qui n'était connu ni par sa naissance, ni par sa position, ni par ses œuvres?

Admettons plutôt que Linguet se passionna sincèrement pour une cause pleine de grandeur, à laquelle un passé toujours militant, souvent glorieux, conciliait de hautes sympathies près du trône et dans la société.

(1763.) – Dans les premiers mois de l'année suivante, la paix européenne est signée à Paris et à Hubertsbourg, le corps d'expédition d'Espagne rappelé et dissous. — Nous retrouvons Linguet parcourant seul, en voyageur studieux, le bassin de la Garonne, puis celui du Rhône. A Lyon, il fait quelques tentatives dans l'industrie ; elles ne réussissent pas. — Il descend alors le Rhin, visite la Hollande, admire ses grands travaux d'endiguement et de canalisation, sa marine, son commerce, et s'enthousiasme pour un peuple chez qui prospèrent à la fois, dans les conditions les plus défavorables, l'industrie et la science.

En rentrant en France, à bout de ressources pécuniaires, il s'arrête à Abbeville. La veuve d'un libraire (dont le fils, A. Devérité, est auteur de la notice imprimée à Liége en 1782) logea le jeune voyageur. Le futur rédacteur des *Annales* était dans un dénûment tel que son hôtesse dut avancer les frais d'impression de ses premiers écrits.

Ici commencent pour Linguet ces années de misère et d'obscurité pendant lesquelles l'esprit s'exerce, se fortifie et se transforme, sorte de noviciat de la raison, qui doit être laborieux à peine de stérilité.

Les exemples ne manquent pas de talents engourdis durant cette épreuve. Depuis vingt ans même, l'oisiveté, mise en théorie, fait secte parmi les jeunes littérateurs. Quelques-uns, aveuglés par l'amour-propre, entraînés par des lectures décevantes, escomptent la moisson encore incertaine, s'attardent et éternisent une période de transition.

Linguet, loin de sa famille, de ses amis, eut à souffrir de l'isolement et à le combattre ; les exigences matérielles domptèrent sa vanité ; — il fut courageux, persévérant et gagna, à force de privations, de déceptions, de dégoûts surmontés, le droit d'écrire plus tard :

« Quiconque, n'étant pas né absolument dépourvu
» de toute espèce de talent, ou n'ayant pas éprouvé
» dans sa caducité des revers irréparables, ne jouit
» pas d'une aisance honnête, peut être justement
» scupçonné d'inconduite. »

Que de blâmes cette phrase n'a-t-elle pas valus à son auteur ! On n'a vu que forfanterie et égoïsme dans un conseil indirect à la *Bohême* de ce temps-là. Nous ne partageons pas la sévérité de Linguet, mais il nous semble que ses malheurs l'excusent.

Il songea d'abord à reconnaître l'hospitalité qu'il recevait, — de son hôtesse, en instruisant son jeune fils ; — de la ville, en ouvrant un cours gratuit de mathématiques aux officiers qui y tenaient garnison. Puis il publia divers mémoires d'intérêt local, dont plusieurs furent pris en considération. Quelques écrits sur des réformes économiques et judiciaires, qui marquent avantageusement ses premiers pas dans la carrière des penseurs, sont aussi datés d'Abbeville. Pendant les dix-huit mois qu'il y passa, ses manières ouvertes, son esprit droit et ses talents gagnèrent tous les suffrages, et quand des avis prévoyants le rappelèrent dans sa ville natale, il laissa derrière lui les regrets les plus flatteurs.

Son aïeule maternelle lui représenta qu'elle avait jusqu'alors élevé ses frères et ses sœurs ; — mais que, ses soins allant bientôt leur manquer, il lui appartenait, comme à l'aîné, de soutenir et de diriger la jeune famille. — Pénétré de son devoir, Linguet comprit que ses qualités personnelles seraient stériles sans une position sociale où elles pussent trouver leur emploi et leur récompense. Il commença donc sur-le-champ son droit à l'école de Reims, et, l'année suivante, obtint son diplôme de licence. — La vie de province n'eût guère convenu à son activité inquiète ; curieux, d'ailleurs, de se faire connaître autant que pressé de s'enrichir, il partit sans retard pour le seul lieu du monde où *s'improvisent* honorablement la fortune et la réputation.

A son arrivée à Paris, Linguet entrait dans sa trentième année. — Il était d'une taille médiocre. Sa figure manquait d'embonpoint, mais non de régularité ; un grand air de franchise y respirait. Toutefois. la mobilité et l'éclat de ses yeux extrêmement vifs et souriants vous frappaient au premier abord. « Je n'aime pas recevoir l'avocat de mon fils, dit, un jour, la duchesse d'Aiguillon à Lequesne ; il a toujours l'air à la piste d'un scandale. » Quoique la raillerie et l'enjouement lui fussent habituels, il était intérieurement grave. Ce contraste a fait bien souvent et bien étourdiment suspecter sa sincérité ; — il n'était, certes, pas homme à déguiser ses rancunes. Avec une voix maigre, il s'exprimait aisément. Une conception prompte, jointe à un naturel observateur, rendait sa conversation brillante et solide à la fois : par malheur, il ne savait pas écouter.

Qu'on joigne à ces dehors une naïve bienfaisance, un cœur trop expansif à la première caresse pour ne pas tomber dans l'excès contraire à la première piqûre, beaucoup d'ambition, beaucoup d'amour-propre, et l'on comprendra qu'il ait eu tant d'amis, s'en soit si souvent séparé, les ait même poursuivis avec la plus étrange ingratitude, sans, pour cela, s'être entièrement aliéné leur tendresse.

A l'époque où nous sommes dans la vie de Linguet, son amour de l'humanité n'était encore mêlé d'aucune amertume. Privé de bonne heure des caresses maternelles, ayant à peine connu la douce morale du foyer domestique, dont l'âme reçoit ses meilleures et plus durables impressions, il avait cette honnête timidité qui est parfois moins préjudiciable aux besoins du cœur qu'un abandon trop confiant. Rien ne faisait prévoir l'issue malheureuse de ses liaisons.

En matière de religion, nourri des leçons de son père, instruit par son exemple, il fuyait ces disputes que Massillon blâme comme étant plutôt des dérisions secrètes de la foi que les recherches respectueuses d'un vrai fidèle.

Nulle considération, nuls entraînements ne lui ont fait trahir ces principes.

Ainsi, on le voit, le jeune avocat apportait au seuil de la carrière toutes les qualités de l'esprit et le culte ardent du bien.

Grâce aux protections qu'il avait su se concilier à Abbeville, il ne resta pas inoccupé. M. Douville (1)

(1) M. Douville de Maillefeu, ancien maire, alors conseiller au présidial d'Abbeville.

et un gentilhomme artésien, son ami, le marquis de Salperwick, lui adressèrent bon nombre de causes portées en appel au parlement de Paris, dont ressortissaient les présidiaux du Ponthieu et de l'Artois. Il ne plaida oralement que devant le parlement Maupeou, à la fin de 1771, mais ses débuts datent de 1765. La première consultation qu'il signa en fait foi (1). Elle accuse, dès les premières lignes, le système généralisateur dont il ne s'est point départi. De nombreux mémoires la suivirent, dont le principal mérite est une grande force de déduction.

Vint l'affaire du chevalier de La Barre. — Dans la nuit du 8 au 9 Août 1765, un crucifix avait été mutilé sur le pont d'Abbeville. Le clergé du lieu, mal conseillé par son dépit contre les entreprises des philosophes, crut saisir l'occasion d'entraver les progrès de l'impiété. A son instigation, le procureur du roi rendit plainte contre trois jeunes gens soupçonnés de ce sacrilége. L'aîné n'avait pas dix-huit ans. Ils furent décrétés de prise de corps ; deux seulement purent être appréhendés, le troisième s'échappa.

Par sentence du bailliage d'Abbeville du 28 Février 1766, l'un des accusés présents, Lefebvre de La Barre, et le contumace Moynel furent condamnés à être brûlés vifs. Instruit sur-le-champ, par M. Douville, du résultat de cette affaire, à laquelle l'opinion publique n'avait pas, jusque là, supposé tant d'importance, Linguet accourut. Le mal n'était réparable que devant le second degré de juridiction. Il se rendit à la prison,

(1) *Mémoire pour les abbé, prieur et religieux de l'abbaye royale de Saint-Valery.* Il se trouve, avec quelques autres du même temps, à la bibliothèque de Reims. Les plus importants se trouvent dans la *Collection Bassompierre*. La Haye, 1776. 11 volumes.

où il reçut du condamné la mission de le défendre au parlement de Paris, et, s'il succombait, au tribunal de la postérité.

Dire qu'il s'est acquitté de ce devoir avec le zèle et la chaleur d'un ami de la vérité, avec le dévouement d'un frère, c'est répéter ce que les papiers publics et les témoignages particuliers nous ont transmis. Le nom de Linguet est lié dans l'histoire à celui de La Barre, comme le nom de Voltaire à celui de Calas. Malheureusement, la défense ne fut pas libre ; le parlement, aveuglé par une haine qui datait du ministère d'Argenson, ne voulut point écouter l'avocat — « J'ai essuyé, dit-il, tous les déboires, tous les désagréments imaginables ; on m'a lié les mains, on m'a fermé la bouche, on ne m'a pas permis de publier la moindre chose pour sa justification. Il a fallu substituer aux écrits imprimés, qui auraient tout d'un coup instruit et désabusé le public, des démarches, des sollicitations, des remontrances manuscrites qui m'ont coûté cent fois plus de peine, et qui n'ont produit aucun effet. »

Et confirmant la sentence des premiers juges, l'arrêt du 5 Juin 1766 décida, pour toute concession à l'humanité, que La Barre serait décapité, aurait la langue arrachée, et que son corps serait ensuite brûlé avec le *Dictionnaire philosophique*. L'exécution eut lieu sur la grande place d'Abbeville, le 1er Juillet 1766. Il faut tout dire, la nation ne désavoua pas d'abord cette monstrueuse injustice.

Deux mois après, le contumace, ayant été arrêté, rapporta dans son interrogatoire (7 Octobre) qu'il avait entendu le jeune Douville, fils du conseiller, et Dumesniel de Saveuse, fils du lieutenant de l'élection d'Abbeville, chanter des chansons impies. Il n'en fallut pas davantage pour qu'on les décrétât de prise de corps (30 Octobre). Ils avaient été amis de La Barre, ses camarades de plaisirs ; leur complicité était manifeste. — On instruisit donc l'affaire à nouveau. — Cette fois, elle eut une autre issue.

Une victime avait été immolée à la fureur insensée de la magistrature ; l'opinion publique, par qui elle avait été entraînée, épouva alors une réaction ; elle accueillit avec gratitude la défense des jeunes gens, et sut gré aux avocats qui lui fournissaient l'occasion de reconnaître son égarement. Linguet, stimulé et non découragé par son premier échec, imploré, d'ailleurs, par M. Douville, trouva dans sa conviction, dans son amitié, assez d'éloquence et de chaleur pour déjouer les calculs de l'assesseur criminel, dont l'animosité n'était un mystère pour personne. Il obtint une sentence d'absolution. Ses consultations furent remarquées, applaudies. Mais parmi ces témoignages de sympathie, il en fut qu'il reçut avec quelque fierté : ce furent ceux qui vinrent de Ferney. — Il jouit donc pleinement alors, comme au temps où ses triomphes d'écolier étaient un hommage filial, d'un succès auquel son esprit et son cœur avaient part. Pourquoi devons-nous ajouter que, dans la seconde moitié de sa vie, nous n'en rencontrerons plus d'aussi purs ?

Il faut bien se garder, comme nous l'avons fait entendre plus haut, de juger Linguet sur tel ou tel de ses actes ou de ses écrits ; tout, chez lui, est du premier jet. Une idée le frappe, et, sur-le-champ, il l'étudie ; elle prend telle ou telle couleur, selon la disposition d'esprit où il se trouve. C'est une légèreté de bonne foi, à laquelle président l'analyse et l'observation.

Aussi ne faut-il pas s'étonner des contradictions qui se trouvent, à chaque instant, entre ses ouvrages et sa conduite. Jamais esprit plus versatile dans les lettres comme au barreau n'a donné tant de prise à la critique.

Après l'affaire La Barre, il écrivit à M. Douville : « J'ai osé aller chercher la fortune à la suite des » grands. J'ai cru trouver la gloire et la considéra- » tion dans la carrière des lettres. Je me suis promis » de la douceur dans le commerce de ceux qui s'ap- » pliquent à cultiver leur esprit.

» Ces idées étaient flatteuses, et il fallut du temps » pour m'en désabuser. J'ai donné les dix plus belles » années de ma vie à la poursuite de ces chimères ; » et j'ai vu qu'après bien des travaux, tout ce que je » pouvais en attendre, c'étaient des sujets de chagrins » et de repentir pour le reste de mes jours. »

Croirait-on que, six mois après, il publiait un ouvrage purement littéraire ? Il est vrai que, dans la préface de cet ouvrage, il cherche à effacer cette contradiction avec une naïveté plus propre à la faire ressortir :

« J'ai vu que dans la littérature, en général, il est » bien plus difficile de se faire une réputation que de » la mériter. J'ai vu que la patience, l'intrigue et le » bonheur y conduisaient plutôt que les talents. Ces » réflexions m'ont engagé à quitter la littérature, à » lui préférer une profession plus noble par le préjugé » public, moins agréable, il est vrai, par les objets » qu'elle embrasse, mais, certainement, plus utile par » ses fonctions. L'ouvrage que je laisse imprimer

» aujourd'hui n'est plus un retour vers une maîtresse
» avec qui j'ai rompu; c'est plutôt le gage de la rup-
» ture et la preuve que je ne veux rien conserver
» qui me la rappelle. »

On est souvent mal inspiré par l'amour-propre. Dans les petites choses comme dans les circonstances graves, il faut s'en défier. Que notre mérite personnel le justifie ou que nos succès l'excusent, le moins qu'il puisse faire, s'il ne nous égare pas complètement, c'est d'aliéner nos droits à l'indulgence. Linguet était jeune, il ne résistait pas à l'entraînement d'un siècle où la vanité faisait cortége au talent. Enhardi, d'ailleurs, par quelques conseils indiscrets, jaloux de l'accueil fait aux *Philosophes*, il résolut de leur disputer une part dans la faveur publique. L'occasion était favorable.

Dans le temps même où la Divinité, encourageant les efforts humains, permettait à la science de pénétrer quelques-unes des lois qui régissent l'harmonie de l'univers, une philosophie superbe et impuissante niait la puissance divine; comme si chaque pas que nous faisons dans les découvertes accessibles à nos sens dût nous éloigner des vérités d'un ordre plus élevé. On a remarqué ce fait, qu'après chacun des grands progrès scientifiques, le monde a éprouvé une défaillance morale, et est devenu la proie des schismes ou des guerres religieuses. Mais il faut reconnaître en même temps que la religion sortait plus pure de sa lutte contre l'hérésie vaincue, la société plus confiante et moins hostile à la conscience individuelle. En vain quelques voix glosaient encore sur les origines, la foi et la tradition avaient reconquis leur empire, l'humanité reprenait sa marche.

Les dernières années du règne de Louis XV portent cette flétrissure de l'impiété érigée en système, contre-partie fatale des conquêtes du génie humain. — Après Newton, Huyghens, Bernouilli, Euler, Mac-Laurin, Buffon, Maupertuis, l'attention publique s'était rejetée sur Diderot, Naigeon, d'Holbach et les gagistes de l'impiété que ne désavouaient pas leurs collaborateurs à l'Encyclopédie. Voltaire, premier soldat de l'incrédulité, se défendait mal d'en partager les excès. — Il eût fallu alors la parole d'un Bossuet pour relever le découragement universel et proclamer, avec toute l'autorité de l'érudition et de l'éloquence, les principes qui, seuls, répondent aux besoins de l'âme humaine.

C'est à ce moment, au contraire, que Linguet, dans la *Théorie des lois*, nie hautement la loi divine antérieure, et, donnant pour origines à la propriété le brigandage et l'usurpation, en fait découler le pouvoir du chef de famille. C'est quand une favorite dirige la main royale qu'il assimile la nation au troupeau rassemblé par un chasseur adroit et fort, et, pour mieux insulter à sa faiblesse, lui vante les douceurs de la servitude.

On peut comparer la société d'alors à un malade que les philosophes traitaient par des réactifs. Comme tel, l'ouvrage de Linguet trouva des juges favorables. Mais, pour quelques voix amies, que de détracteurs! Le marquis de Mirabeau interrompit ses *Éléments de philosophie rurale* pour fulminer contre le jeune avocat qui niait, en matière juridique, la révélation interne. Puis vint un concert de malédictions, dont les dernières notes retentissaient encore aux oreilles du biographe de 1811 (1).

(1) GÉRUSEZ, *Annuaire de la Marne.*

L'auteur, on le pense bien, ne manqua pas de répondre à ces attaques ; mais son emportement l'égara. On excuse les poètes d'être irritables ; cette tolérance, si elle ne s'était pas introduite dans leur code à la faveur de la poésie même, leur serait acquise par prescription. Cependant toute tolérance a ses bornes ; la fureur avec laquelle Linguet se déchaîna contre ses censeurs indisposa le public et l'entraîna lui-même à formuler les propositions les plus absurdes.

De 1767 à 1770, il se rencontre avec les philosophes dans une série d'escarmouches dont le *Mercure*, l'*Année littéraire* et la *Gazette d'agriculture* sont le théâtre. — Parfois il fait agir quelque grosse machine de guerre comme les *Lettres sur la Théorie des lois*, l'*Aveu sincère*, la *Pierre philosophale*, les *Lettres sur le Tacite de La Blètterie*, ouvrages éloquents, spirituels, mais remplis de paradoxes.

Toutes ces productions sont écrites avec trop de chaleur pour que les erreurs qu'elles contiennent soient l'objet d'un système ; mais les ennemis de Linguet avaient beau jeu pour le dénigrer : ils le firent avec acharnement. Sa personne fut aussi maltraitée que ses œuvres. La malignité devint si ardente que M. Douville, attaché à l'obscurité par son caractère et par la nature de ses fonctions, s'écarta de la loi qu'il s'était faite à cet égard et pria Lacombe, fermier du *Mercure*, d'insérer une lettre datée d'Abbeville, 8 Juillet 1769, dans laquelle il reprenait vivement les agresseurs : « ...... M. Linguet, que » vous accusez sans le connaître, est un avocat dis» tingué ; — il a l'âme noble et une fierté coura» geuse. — Je ne m'aveugle pas sur son mérite, » parce qu'il est mon bienfaiteur, le défenseur de

» l'honneur de ma famille et du mien ; — mais c'est » par-dessus tout un honnête homme qui n'a contre » lui qu'une excessive modestie et la haine des pro- » tections... (1) »

Linguet avait été mis en rapport avec d'Alembert par un jeune avocat, son compatriote, nommé Lethinois, que l'auteur du *Discours préliminaire* s'était attaché en qualité de secrétaire.— Disons, en passant, que ce jeune homme, après avoir rendu de véritables services à d'Alembert, mourut, quelques années plus tard, à l'hôpital de Reims, dans la misère et l'abandon. Linguet apprit trop tard cette fin déplorable, qu'il eût certainement conjurée. Mais telle était la haine de ses détracteurs, qui réclamaient si bruyamment en faveur de la charité innée et poussaient à l'Hôtel-Dieu le chantre de la *Mort d'Abel*, parce qu'il répudiait leur athéisme déguisé, ou ne portaient à Malfilâtre qu'une aumône tardive, dont ils avaient peut-être calculé l'inutilité. Ah ! si quelque chose peut, autant que leur acharnement, excuser les sorties de Linguet contre les Encyclopédistes, n'est-ce pas cet égoïste savoir-vivre, première vertu d'une secte exposée seulement à des persécutions aussi inoffensives que flatteuses, et comblée, d'autre part, de tous les dons de la richesse ?

On pense bien que d'Alembert, de quelque recommandation que Linguet se fût prévalu auprès de lui, ne prit pas son parti dans la lutte de 1768 à 1770. D'ailleurs, une petite cause de mésintelligence s'était produite entre eux.

D'Alembert, consulté sur une prise d'eau, avait

(1) *Mercure*, Août 1769.

donné par écrit une décision erronée; le jugement ayant été rendu conforme à cette expertise, la partie condamnée s'était adressée à Linguet. Celui-ci avait étudié la question, reconnu l'erreur et demandé sans bruit une rétractation à d'Alembert. Le philosophe avait refusé, puis, l'affaire étant venue en appel, reçu un démenti public par l'infirmation de la sentence des premiers juges.

Ce fut également pour n'avoir pas désavoué des critiques trop sévères que les rédacteurs du *Mercure* et ceux du *Journal économique* s'attirèrent l'animosité de Linguet.

Cette existence militante fût devenue intolérable, s'il n'eût trouvé quelque adoucissement dans ses relations privées.

A l'affection que lui avaient vouée MM. De Salpervick et Douville, s'était jointe l'amitié d'un homme doux, honnête et bon, M. Lequesne, marchand d'étoffes de soie, à Paris.

Charmé de la chaleur que Linguet avait mise pour ses intérêts dans une affaire heureusement terminée, il lui avait ouvert sa maison, et offert, au nom de M. Levasseur de Verville, son associé, de passer l'été de 1769 à Pontoise, où celui-ci résidait habituellement. Là, le jeune avocat, en confiant à ses hôtes les défaillances de son cœur et tous les besoins de sa position, avait resserré dans une intimité cordiale des liens qui semblaient devoir être indissolubles. — Nous passerions sous silence ces rapports intimes, s'ils n'étaient une partie intégrante de l'histoire de Linguet, et si nous ne leur devions, par la tradition ou par écrit, les traits de la physionomie de notre auteur qu'il importe le plus de faire connaître.

Il se trouvait donc entouré d'appuis bienveillants et solides ; ses mémoires pour les co-accusés de Labarre et ceux pour Luneau de Boisgermain, dans l'affaire contre les syndics et adjoints des libraires de Paris, lui avaient procuré quelque relief au barreau ; il ne lui manquait plus qu'une occasion brillante pour donner carrière à son ambition et à son audace. Elle ne tarda pas à se présenter.

Avant d'aborder cette phase brillante de la vie de Linguet, jetons un coup d'œil sur ses premières productions.

Quelques-unes traitent d'histoire ; nous commencerons par elles. Et d'abord, une observation générale qui s'applique à toutes : il n'y a, en quelque sorte, pour Linguet, de faits prouvés que ceux sur l'authenticité desquels tous les historiens sont d'accord. Ainsi, dès les réflexions préliminaires du *Siècle d'Alexandre*, il conteste à l'Égypte ces inventions admirables dont les annales du monde y placent le berceau. S'il n'affirme pas formellement que la civilisation ne doive rien à ce peuple industrieux, patient et sage, chez qui Solon, Thalès, Platon, Pythagore sont allés recueillir les notions des sciences dont nous bénissons aujourd'hui la fécondité, peu s'en faut qu'il ne biffe d'un trait de plume tous ses droits à la reconnaissance du genre humain. Que prouvent contre les Egyptiens certains récits merveilleux de Diodore et d'Hérodote dont s'effarouche tant Linguet, sinon l'admiration profonde, traditionnelle, de l'Europe naissante pour le vieux Nil ?

A mesure que la lumière pénètre l'histoire, ne voyons-nous pas cette admiration grandir en se justifiant, de superstitieuse et confuse, devenir nette et conséquente, et ne serait-ce pas un outrage à la vérité, comme un vrai malheur pour les lettres, si on en effaçait l'expression dans l'enseignement de Rollin, dans le discours de Bossuet? Il serait puéril d'entreprendre cette thèse de nos jours, où de nouvelles découvertes apportent, d'heure en heure, de nouveaux arguments.

Plus loin, c'est Rome, à qui l'auteur reproche d'avoir, sous le quatrième roi, divinisé une courtisane; — mais, outre le peu de créance accordé par les historiens à ce fait, que signifie une pareille critique? à quoi tend-elle?

Plus loin encore, c'est Sparte soumise à une censure aussi oiseuse, c'est sa législation analysée avec la plus grande faiblesse de raisonnement. Linguet n'ignorait pas, lui admirateur si déclaré de Platon, le tableau qu'en a fait ce philosophe au septième livre de sa *République*, pas plus qu'il n'ignorait le récit de Critias sur les Egyptiens dans le *Timée*.

Les lettres du fondateur de l'Académie et le mot de Philoxénus lui étaient également connus, ce qui ne l'a point empêché de doter Denys le Tyran d'une tolérance improbable pour les philosophes.

La seconde partie de l'ouvrage contient une sorte de plaidoyer en faveur du meurtrier de Clitus, plaidoyer faible, parce qu'il n'est pas échauffé par la conviction, parce qu'Alexandre ne peut échapper à l'imputabilité de certains crimes accomplis froidement : le meurtre de Callisthène, de Philotas, de Parménion, de Bétis, ses faveurs pour l'eunuque Bagoas, l'embrasement de Persépolis, etc. — Il faut ajouter, toutefois, qu'il y a de bonnes pages au milieu de ces paralogismes, où la couleur, le mouvement du style captivent. Les conquêtes d'Alexandre par exemple, sont tracées avec une chaleur et une verve juvéniles, et l'on serait conduit sous ce charme jusqu'à la fin du volume, si, tout-à-coup, une lourde glose des historiens qui ont écrit l'expédition des Indes ne frappait mortellement l'attention. En somme, peu de recherches qui aient enrichi l'histoire et un parti-pris constant d'originalité.

Ecrites avec plus de soin, les *Révolutions de l'Empire romain*, que Linguet destinait à faire suite à l'histoire de Vertot, manquent encore des qualités essentielles aux ouvrages de cette nature. Les hardiesses de jugement ne sont pas toutes heureuses. On se laissera parfois aller à y applaudir, mais, quand la réflexion les aura dépouillées des artifices d'un esprit ingénieux et d'une plume élégante, il n'en restera rien de sérieux. Avant tout, pour écrire sur ces matières, il faut de la bonne foi et une grande indépendance de jugement, sans pour cela rejeter par principe les opinions du passé.

« Je me suis proposé, dit l'auteur, de tracer un » chemin inconnu aux anciens historiens, d'ouvrir » un passage à travers les préjugés de l'esprit de » parti ; — j'ai tâché de distinguer et de suivre la » raison, malgré les ténèbres qu'ont répandues sur » le chemin la haine et l'adulation, les panégyriques » et les satires. »

A la bonne heure ; mais pourquoi tailler et renverser sans plus d'attention et d'analyse ? Pourquoi traiter tout d'abord Suétone de romancier, Tacite de courtisan, Dion de rhéteur babillard, pour jeter, sans pièces à l'appui, le blâme ou le mépris sur les empereurs dont ils font l'éloge, et faire celui des tyrans qui ont traîné le nom romain dans la débauche et dans le sang? — Quiconque lira avec attention les deux volumes dont se compose cet ouvrage, y reconnaîtra la manière d'un historien consommé et tout ensemble la légèreté d'un esprit frivole. A côté d'une vigoureuse combinaison des évènements favorables à la conclusion préméditée, un manque complet de couleur locale, un mépris insolent des sources ; auprès d'un exposé clair et concis de la politique d'un César, le tableau prolixe des intrigues de sa cour ou le détail inutile des rivalités entre sénateurs.

Dans l'*Histoire impartiale des Jésuites*, Linguet apporte plus de profondeur, une plus juste application de sa tendance au renversement des opinions accréditées. L'ensemble des travaux de cet institut admirable prend, sous la plume de l'historien, des proportions saisissantes. On assiste avec intérêt à ses développements successifs, dus à une cohésion, à un ordre que l'exil, le martyre et les persécutions de tout genre n'ont pu entamer. Cet ouvrage est dédié au roi de Prusse ; non que l'auteur ait eu pour but de gagner sa protection, mais il rendait ainsi hommage à l'impartialité de Frédéric II, à l'égard d'une compagnie aussi célèbre par ses malheurs que par les services dont elle a payé notre cruel aveuglement (1).

(1) « Vous direz à qui voudra l'entendre, écrivait ce prince à » son représentant à Rome, vous direz au Pape ou à son premier » ministre que, touchant les Jésuites, je les conserverai dans mes » États. J'ai garanti au traité de Breslaw le *statu quo* de la religion » catholique, et je n'ai jamais trouvé de meilleurs prêtres à tous » égards que les Jésuites. Vous ajouterez que j'appartiens à la » classe des hérétiques, et qu'en conséquence, le Saint-Père ne » peut me dispenser de l'obligation de tenir ma parole ni du devoir » d'un honnête homme et d'un roi. »

Nous ignorons si le caractère ou le talent de Linguet furent jamais sympathiques à Frédéric II ; il n'en existe pas de trace. On a cru à tort voir le portrait du jeune avocat à la fin de l'épître à Finck (1). Il fallait des flatteurs et des hommes de science à la cour de Prusse. Des rêveurs trop hardis s'y seraient trouvés mal à l'aise. J.-J. Rousseau n'aurait pardonné de sa vie à mylord Maréchal, si celui-ci l'y eût introduit.

L'Histoire des Jésuites renferme de vrais morceaux d'éloquence, notamment dans le second volume, au chapitre qui traite de la participation supposée des Jésuites au meurtre de nos rois, et à la fin, lorsque l'auteur évoque le souvenir des hommes illustres sortis des rangs de la compagnie.

Une grande netteté de vues, beaucoup de méthode et des jugements très-lucides recommandent deux autres volumes publiés par Linguet à la même époque : ils ont pour titre : *Histoire universelle du XVIe siècle, — pour faire suite à celle de Hardion* (2). C'est un long tableau. On peut en suivre les détails sans que la division par périodes et par pays nuise à l'ensemble, l'auteur ayant eu soin de mettre habilement en scène, à chaque fait général, les peuples qui y ont pris part, et d'exposer la situation politique de l'Europe avant le récit de tous les évènements qui l'ont modifiée.

Il faut citer encore, pour n'avoir pas à revenir sur les travaux historiques de Linguet, l'*Essai sur le monachisme,* écrit en 1775. Cet ouvrage prend le clergé

(1) Poésies du philosophe de Sans-Souci, page 192.

(2) Composée par ordre de Mesdames de France. Les cinq premiers volumes avaient paru en 1754.

régulier à sa naissance chez les chrétiens orientaux; il étudie les pratiques des premiers anachorètes, l'établissement des monastères, les prodiges accomplis par les moines sous le despotisme éclairé des abbés, puis l'introduction du monachisme en Occident On y trouve une appréciation fort juste et fort attachante des progrès de l'ordre de Saint-Benoît et de son influence. Une part équitable y est faite à l'appui que les ordres mendiants ont prêté au Saint-Siége comme à l'emploi criminel qu'ils ont fait du sacerdoce pour soulever les peuples et inquiéter les gouvernements. En somme, c'est un des bons écrits que nous ayons sur cette matière. Son titre n'est guère justifié, parce que la philosophie n'y joue pas un rôle appréciable; à cela près, c'est un essai très-heureux.

L'historien ne doit prendre aucune place dans son récit, ni donner aux faits une couleur qui lui soit propre. Linguet semblait acquérir graduellement le calme nécessaire, quand on le vit tout-à-coup se jeter dans un genre où sa sensibilité fut plus à l'aise. — Mais qu'il défende la vie de Labarre contre un fanatisme inhumain, qu'il dispute aux calomniateurs, après l'édit de 1762, l'existence morale des Jésuites, ou qu'il réclame, comme nous l'allons voir, des réformes dans l'administration judiciaire et dans la répartition des impôts, c'est toujours un sentiment généreux qui l'anime.

Fruit hâtif d'une science encore confuse, ses ouvrages économiques ont les vices originels : le désordre et l'incertitude. Ce ne fut pas l'enthousiasme cependant qui fit faute au développement de la physiocratie; ce ne furent ni les encouragements d'une aristocratie aveugle, ni les rigueurs impolitiques des ministres; tout cela, au contraire, entoura son berceau. C'avait été en haine de la tolérance de d'Argenson que Machault et ses successeurs avaient comprimé l'élan d'une secte déjà propre à servir l'état. — Le système prévoyant et conservateur de ce ministre a certainement amélioré la situation financière; mais il est incontestable que, si les réformes tentées plus tard par Turgot eussent été préparées de longue main, leur introduction se fût faite sans déchirement. Quoi qu'il en soit, l'opposition que rencontrèrent les premiers économistes séduisit la noblesse; elle les prit sous son égide, s'y agrégea dans la personne de ses membres les plus puissants, et, de ce jour, la haute société bégaya, sans les comprendre, les termes nouveaux d'une science qui ne pouvait résolument progresser que sur ses dépouilles.

Le marquis de Mirabeau sortait à peine de la Bastille, lorsque Linguet, reprenant les plus hardies propositions de la *Théorie de l'impôt*, et partant du même point, leur appliqua, dans la *Dixme royale*, une autre direction. Les rapports de l'administration avec les contribuables, le rôle que joue la propriété dans la constitution de l'état, le principe de la contribution territoriale sont identiques chez les deux écrivains; mais là se borne la parenté de leurs spéculations. Les vues du marquis de Mirabeau sont plus profondes, plus étendues et plus sensées. La *Dixme royale* s'arrête à un mode de perfection très-imparfait d'ailleurs, conforme au mémoire de Vauban, qui en est la source.

Tous les écrits de Linguet sur la matière économique manquent de lucidité et de sagesse. Il prétend résoudre toutes les questions sans les avoir étudiées. —

Les finances du royaume sont-elles embarrassées? Vendez les biens du domaine pour acquitter les dettes de l'Etat. — Le commerce paie-t-il en discrédit la gestion maladroite ou la dilapidation du trésor public? Ouvrez vos ports à l'étranger, recevez ses marchandises libres, franches de toute visite et de tous droits.

Quesnay, Adam Smith, Mirabeau ont traité ces questions, on sait avec quel examen. Linguet ne prévient aucune objection ; il croit avoir trouvé la solution du problème, et ne prend pas même la peine de nous dire quels raisonnements l'y ont conduit.

Est-ce à la même légèreté que nous attribuerons son découragement devant la première difficulté de l'équilibre social? Il déplore la pauvreté, la dépendance, et s'arrête à la résignation comme à une source de bonheur. Et cependant, lorsqu'il veut nous convaincre des avantages de la servitude acceptée sans arrière-pensée, on sent courir sous sa plume un frémissement d'indignation.

« En Hollande, le paysan va à la corvée comme
» chez nous; vous voyez, le long des canaux, des
» piliers blancs qui marquent l'étendue de terrain
» que chacun doit entretenir, et qui annoncent au
» loin la servitude dans le sein de la liberté. Un
» examen bien réfléchi ferait peut-être évanouir ce
» fantôme de liberté comme la fumée de leur tourbe,
» qui de loin présente un nuage épais, et que le
» moindre vent dissipe. — Il n'y a, sur toute la sur-
» face de la terre, qu'une race d'hommes libres et
» heureux autant que leurs passions leur permettent
» de l'être : ce sont les riches. Ceux-là, par tous pays,
» peuvent avoir idée de l'indépendance et du bonheur;
» mais le sort de tout le reste est parfaitement

» semblable sous tous les climats et sous tous les
» gouvernements : le travail, la bassesse et la misère,
» voilà l'apanage de la plus nombreuse partie du
» genre humain. Cette position est triste, sans doute,
» mais elle est inséparable de la société. C'est une
» chose dure à penser et pourtant incontestable, qu'il
» faut nécessairement que les trois quarts des
» hommes soient réduits par l'indigence à un travail
» incessant. Il faut que leur pauvreté laborieuse
» nourrisse l'oisiveté opulente de l'autre quart qui
» les gouverne (1). »

Diderot a-t-il plus vivement peint l'avilissement de l'espèce humaine et mis au cœur du peuple, avec des raisonnements plus spécieux, un levain plus amer? Il opposait l'humiliation d'une partie des hommes à la grandeur de la nature : — Linguet mettait en présence de leurs ennemis les victimes de l'inégalité des conditions. — Assurément, l'homme qui raisonnait ainsi devait rencontrer Brissot, et donner à la fois, pour les unir, une main aux libres-penseurs et l'autre aux hommes d'action.

Et ailleurs : « Je ne vois jamais un homme riche
» dans l'éclat de l'opulence, que je ne me le repré-
» sente porté sur les épaules de tous les malheureux
» dont les travaux servent à le nourrir ou à le pa-
» rer. » — N'est-ce pas là cette « exploitation de l'homme par l'homme » qui, dans nos dernières guerres civiles, a recruté les factieux? Pour nous, il y a, entre la pensée de l'écrivain et le but avoué de

(1) *Canaux navigables*, lett. 28, p. 163. — L'objet de cet ouvrage est l'établissement d'un nouveau port à l'embouchure de la Somme, et la canalisation de cette rivière depuis Amiens.

sa parole, une contradiction manifeste, et l'on partagera notre conviction en méditant ces réflexions désespérantes qui terminent le second volume de la *Théorie des lois* :

« Aimez les hommes, soulagez-les, dit l'auteur aux » philosophes, mais ne leur inspirez pas de dégoût » pour leur état : ce serait une cruauté. Ne voyez-» vous pas que l'obéissance, l'anéantissement, puis-» qu'il faut le dire, de cette nombreuse partie du » troupeau, fait l'opulence des bergers ? — Si les » brebis qui la composent s'avisaient jamais de pré-» senter leur tête au chien qui les rassemble, ne » seraient-elles pas bientôt dispersées, détruites, et » leur maître ruiné ? Croyez-moi, pour son intérêt, » pour le vôtre et même pour le leur, laissez-les » dans la persuasion que ce roquet qui les aboie a » plus de force à lui seul qu'elles toutes ensemble. » Laissez-les fuir stupidement au simple aspect de » son ombre. Tout le monde y gagne. Vous en avez » plus de facilité à les rassembler pour vous appro-» prier leurs toisons. Elles sont plus aisément garan-» ties d'être dévorées par les loups ; ce n'est, il est » vrai, que pour être mangées par les hommes. Mais, » enfin, c'est là leur sort lorsqu'elles sont entrées » dans une étable. Avant que de les y soustraire, » renversez l'étable, c'est-à-dire la société. »

De bonne foi, est-ce là l'hommage sincère de l'esclave bénissant à genoux le fouet qui déchire ses épaules ? Pour qui cet éloge de l'asservissement et de la bassesse est-il le cantique d'un cœur reconnaissant ? — Certes, l'homme qui penserait ainsi, s'il s'en rencontrait jamais un, ne l'avouerait pas sans mourir de honte. Et Linguet, si fier par sa nature, si impatient du joug, jetant sans cesse à la face du genre humain le tableau de son abjection, n'est pas cet homme-là. Les écrivains qui l'ont accusé de lâcheté sont ceux qu'a dominés son effrayante logique ou qui ont feint de s'y laisser prendre pour l'accabler plus aisément (1).

Assurément, mise en regard de l'histoire, sa doctrine est sans réplique. Aujourd'hui encore, il est impossible de nier qu'une volonté souveraine, respectable par elle-même autant que par sa mission, soit plus propre à assurer notre bonheur que l'application absolue du principe égalitaire.

Mais, à l'ombre de ce pouvoir, les idées libérales peuvent se développer et mûrir. L'auteur de la *Théorie des lois* ne pouvait rien attendre de semblable du régime corrompu sous lequel il vivait, et en présence du mauvais vouloir dont on accueillait alors les meilleurs plans de réforme.

Nous le verrons, à l'avènement de Louis XVI, saluer l'aurore d'une révolution pacifique, et, toujours conséquent avec lui-même sur ce point, maudire plus tard les excès d'une liberté prématurée.

La plupart de ses contemporains ne s'y sont pas mépris. C'est à lui que la jeunesse républicaine a

(1) L'abbé Morellet et Devèrité, notamment, au siècle dernier, et, dans celui-ci, Gardaz et Lemontey. — Dès 1787, Linguet, répondant aux deux premiers sans doute, disait : « On est parvenu » à proscrire la *Théorie des lois*, et à la faire regarder comme » l'école du despotisme. Si les partisans du despotisme avaient » eu le même intérêt à la décrier, il leur aurait été bien plus aisé » de la condamner comme l'école de l'indépendance. En effet, il » y règne d'un bout à l'autre une fierté républicaine qu'il fallait » toute l'impudeur de mes détracteurs pour travestir en servi- » lité. » (*Annales*, t. XIII, n° 97.)

adressé son premier élan d'enthousiasme, comme au plus courageux de ses chefs. Et, en effet, quel novateur eût aussi hardiment attaqué les abus?

« Les impôts sont arrachés aux contribuables » d'une manière cruelle, dit-il dans la *Dixme royale*. » Sans parler de la corvée par où s'écoule tout le » sang de la campagne, il y a les griffes de la finance, » soit ferme, soit régie, et cette multitude d'ongles » acérés qu'elle fait mouvoir et qui ne servent qu'à » déchirer en détail et à loisir tous les membres de » l'Etat dont elle suce le sang. Pourquoi cet état de » choses? C'est qu'il y a autour du trône deux » mille voix éclatantes qui étouffent la timide et » modeste vérité; c'est que des barrières infranchis- » sables en écartent les larmes du peuple; c'est que » du sang de ce peuple écrasé, la finance tire un » peu d'or au moyen de ces cours souveraines, » tribunaux avides et impies que signale l'exécration » publique! »

Ce livre paraissait deux mois après la rigoureuse ordonnance du 28 Mars 1764 (1); on peut, d'ailleurs, se faire une juste idée de son audace, en parcourant les registres des prisons d'Etat de 1764 à 1770.

Comme philosophe, Linguet est plus habile que raisonnable. Cependant, la *Théorie des lois* et ses deux annexes (2) n'ont été jugées que par des critiques légers ou malveillants. Les premiers l'ont prise, sans l'avoir étudiée, pour texte d'une réfutation de Hobbes et de Bentham; les seconds se sont amusés

(1) Rendue à l'instigation du contrôleur général Laverdy.

(2) *Lettres de la Théorie des lois* (1771); — *Du plus heureux Gouvernement* (1774).

à coudre ensemble plusieurs propositions extraites de ci et de là dans l'ouvrage, pour en faire une mosaïque choquante qui n'appartient pas plus à Linguet que le *Centon nuptial* d'Ausone n'appartient à Virgile. Si la philosophie de la *Théorie des lois* manque de grandeur, elle est pleine, au moins, de suite et de clarté.

A l'exemple des sophistes grecs déjà confirmés par l'Angleterre, Linguet nie, le premier en France, l'existence d'un droit naturel antérieur à l'existence des sociétés. Il étudie ensuite la propriété, qu'un publiciste a, de nos jours, si habilement égarée dans ses rapports avec la production, et en fait la clef du système social.

Selon lui, l'esprit de propriété fit du mariage une servitude réelle, donna naissance à la polygamie. « Les femmes perdirent leur liberté, mais elles » gagnèrent un défenseur intéressé à les protéger, » et cette dépendance devint plus utile pour leur » faiblesse que le libre usage de leur volonté n'aurait » pu paraître agréable à leur orgueil (1). »

Il va plus loin. Triomphant sans peine de Hobbes, pour qui la mère possède seule tout pouvoir sur son enfant, il attaque les sages conclusions de Locke, renverse le double appui dont la nature a entouré le berceau des hommes, et, après avoir fait de l'union conjugale une sorte de marché, adjuge, avec Grotius, le fils au père de famille, comme la chose dont il a la complète disposition.

Ecoutons l'auteur de la *Théorie des lois* développer les avantages de ce dominium paternel et l'étendre à la société. — « La puissance paternelle est beaucoup

(1) *Théor. des lois*, liv. III, ch. 26.

» plus propre que la civile pour éterniser les liaisons » des différents degrés de la hiérarchie sociale. Elle » agit dans tous les temps et avec la même vigueur. » Elle n'a besoin ni d'assistance pour faire reporter » ses ordres, ni de formalités pour les transmettre ; » ils sont aussitôt connus que donnés, et aussitôt » accomplis que connus. Comme le pouvoir dont ils » émanent est presque infini et que le terrain où il » s'exerce est très-borné, l'éloignement ne saurait les » affaiblir, ni la distance les dénaturer... Les princes » devraient donc étendre les droits du père de famille » et s'en approprier les effets : ce serait prudent et » logique. Car, enfin, si, dès que je suis en âge de » me conduire moi-même, je deviens par cela seul » égal à mon père, pourquoi ne le serais-je pas, par » la même raison, à mon roi (1) ? »

De la question sociale, il arrive ainsi à l'organisation politique, et, appliquant à la nation sa théorie de la famille, en admet toutes les conséquences. Pour lui, le dépositaire de l'autorité souveraine, sorti du suffrage, n'a besoin ni de prétoriens ni de strélitz plus disposés à exploiter sa faiblesse qu'à le consolider. Il est, par sa nature, aussi invulnérable aux insurrections partielles, comme la Fronde, qu'aux complots des mécontents, comme ceux de Cinq-Mars et de Cellamare. Il est soumis lui-même à la loi ; s'il la transgresse, un soulèvement général le détrône, il n'y a pas d'autre issue. Nous ne voyons pas là la théorie égoïste de Bentham, nous y voyons moins encore l'*imperium* illimité de Hobbes, qui fait du roi l'âme de l'Etat, injusticiable de ses sujets pris individuel-

(1) *Théor. des lois*, liv. IV, ch. 32.

lement ou collectivement, et à qui chacun doit obéir, « *ni velit potius mori* (1). » C'est plutôt notre monarchie à sa naissance, avec l'accord tacite qui liait la nation au souverain. — Quand Louis XII, par l'édit de 1499, abdiqua l'autorité sans contrôle de ses prédécesseurs, il ne se plaça pas entièrement au rang de ses sujets relativement à la loi, car la puissance législative restait dans sa main; mais le principe était posé, le pacte constitutionnel était en germe dans la société française, c'était à la philosophie de le féconder.

Ce qui domine tout le système politique de Linguet, c'est l'exclusion des corps intermédiaires. Quelques lignes résument ses griefs contre eux. — « Les règnes » de Henri VIII et de Cromwell ne justifient-ils pas » cette maxime que j'ai osé le premier avancer, et » qui est l'abrégé de toute la véritable politique, que » les corps sont bien plutôt les armes du despotisme » que les gardiens de la liberté ; qu'un peuple où il » se forme des compagnies intermédiaires sera asservi » sans retour, lorsqu'il se trouvera à sa tête un homme » qui sache en faire le seul usage auquel elles sont » propres? Ces compagnies sont le lacet passé au cou » du patient : il ne l'incommode point tant qu'on ne » le tire pas, il l'étrangle dès qu'une main vigou- » reuse le serre (2). »

La *Théorie des lois* souleva nombre de critiques qui, aux yeux de Linguet, représentèrent autant d'ennemis. Il ne manqua pas d'y répondre. C'est à sa querelle contre le parti philosophique que se rattachent plu-

(1) *Elém. phil.* — De Civ. Libert., c. I, § XIV; Imperium, c. VI, § IV.

(2) *Annales*, 1er vol., p. 300.

sieurs brochures de la même époque : *Réponse aux docteurs modernes*, la *Pierre philosophale*, l'*Aveu sincère*, le *Fanatisme des philosophes*.

Un mot de Sénèque les résume toutes : *Postquam docti prodierunt, boni desunt* (1). Pour lui, il n'y a pas un homme ami du bien qui prenne le nom de philosophe : « Celui-là, dit-il, est vraiment lâche. » Son cœur, flétri par les prétendues lumières, n'est » accessible qu'à la peur ; désabusé sur les mots de » patrie, d'honneur, de devoir, accoutumé à les » disséquer, à en exprimer les rapports, il n'en con- » naît plus ni la force ni la douceur. C'est un vil es- » clave prêt à se révolter dès que le maître aura tourné » les yeux et suspendu son fouet (2). »

En matière de juridiction, ce sont les justices seigneuriales qu'il prend à partie. Il attribue à leur conservation la décadence des présidiaux, qui sont pour lui les tribunaux les plus utiles et les moins favorisés du royaume. Il combat Montesquieu pour s'être prononcé en faveur de la justice des seigneurs, et le réfute avec autant de raison que d'esprit. On lira avec plaisir, au milieu d'une éloquente critique de ces juridictions, un tableau du bailli en fonctions. L'auteur nous le représente arrivant crotté au village, s'arrêtant au cabaret et y établissant son siége. — « Il est altéré » aussi, et il boit ; il boit encore avant d'écouter la » plaidoirie ; il fait boire le procureur fiscal, le gref- » fier, et les plaideurs même, s'ils en ont envie ; » il ne s'inquiète jamais de l'écot, parce qu'il sait » bien que ce n'est pas lui qui le paiera. Ce n'est pas

(1) Epist. XCV.

(2) *L'Aveu sincère*, édit. de Lond. 1778, p. 73.

» tout ; par délicatesse, il ne se charge pas de dé-
» cider lui-même. Il veut juger d'après la consultation
» de quelque avocat de la ville prochaine. Il va le
» trouver, et, comme on le pense bien, ce n'est pas
» à ses dépens. Intervient une consultation que les
» parties ont encore à payer, et, au bout de tout cela,
» elles n'ont pas même un commencement de sen-
» tence (1). »

L'administration avait trop intérêt à fermer l'oreille à ces plaintes ; l'ordonnance de 1774, en étendant la juridiction des présidiaux, leur donna quelque satisfaction, mais ce ne fut qu'à la veille de la Révolution qu'on y accéda entièrement (2). Un dialogue sur la vénalité des offices de judicature clôt le livre (3). Linguet y flétrit le premier, dans Montesquieu, la justification de cet attentat permanent à la vie, à l'honneur et à la fortune des hommes.

Quant à la partie purement littéraire des écrits de Linguet, il faut citer, outre quelques vers très-médiocres insérés dans l'*Almanach des Muses*, la tragédie de *Socrate*, qui est une paraphrase dialoguée, en vers faciles, des poèmes philosophiques de Voltaire. — Elle n'a pas été mise au théâtre et n'y eût pas réussi, à raison du manque d'intérêt. Un extrait de l'unique scène digne d'attention vaudra mieux que la meilleure analyse. — Un rival de Socrate le visite dans sa prison :

ANITUS.

Je ne me pique point de préceptes sublimes ;
Je vais en peu de mots t'expliquer mes maximes.....

(1) Edit. de 1764, p. 57.
(2) Art. 4 du décret du 4 Août 1789.
(3) *Nécessité d'une réforme dans l'administration de la justice en France*, 1764.

... Tu peux leur comparer celles de ton école.
Je n'examine point, par un désir frivole,
Si ces Dieux de tous temps par le peuple adorés
Sont, comme tu le crois, des mensonges sacrés
Qui, nés de l'imposture et de notre faiblesse,
Ont acquis du pouvoir à force de vieillesse,
Et rendent respectable aux stupides humains
Le fruit de leurs erreurs, l'ouvrage de leurs mains.
Tu vois que, si ces Dieux sont faibles, méprisables,
Leurs prêtres ont, du moins, des armes redoutables....
. . . .
Pourquoi mettre au creuset les rèves de nos pères?
Au lieu de travailler à les décréditer,
Au lieu de les combattre, il faut en profiter:
C'est là l'unique but, le triomphe du sage.

SOCRATE.

. . . . Je t'entends.
L'ambition du sage enfante les oracles,
Sur les autels des Dieux prodigue les miracles,
Montre au peuple le crime adoré dans les cieux,
Fait naitre l'appareil qui frappe ici ses yeux,
Et tous ces dogmes vains qu'il ne saurait comprendre.

ANITUS.

Il les mépriserait, s'il pouvait les entendre.
Va, crois moi, pour penser le peuple n'est pas né.
Il faut, pour son bonheur, qu'humblement prosterné
Aux autels de ses Dieux, sous la main de ses prêtres,
Il adore en tremblant le pouvoir de ses maitres....

(Acte IV, sc. 1re.)

Voilà encore les principes de la *Théorie des lois;* et ce n'est pas au philosophe qui a le beau rôle dans la pièce que Linguet les prête : mais nous n'avons pas besoin de cet exemple pour prouver qu'il ne les a jamais partagés.

Les épîtres en vers répandues manuscrites en 1762, et relatives aux Jésuites, sont pleines de verve. C'est le style de la *Chartreuse* de Gresset et la chaleur un peu maniérée des *Héroïdes* de Colardeau.

DEUXIÈME PARTIE. — 1770-1776.

Un matin de Février 1770, le duc d'Aiguillon, accompagné du chevalier d'Abrien, son intendant, se fait annoncer chez Linguet.

« J'ai besoin, lui dit-il, d'un homme nouveau » comme vous, dont la fierté soit assez connue, tou- » tefois, pour qu'on ne l'accuse pas de se vendre, qui » ait votre hardiesse et vos talents. Voulez-vous être » mon avocat? »

Linguet n'avait jamais vu le duc d'Aiguillon ; il ne connaissait les affaires de Bretagne que par le compte-rendu des gazettes : cette proposition le surprit. Elle lui faisait d'emblée un avenir brillant, lui assurait, au cas où il l'aurait acceptée, les secours pécuniaires qui sont parfois un abri contre les faiblesses de l'âme, et lui donnait, par la nature du procès, un rôle politique, en quelque sorte, qui convenait à son ambition.

Il ne l'accepta pas tout d'abord, cependant. Il voulut s'assurer qu'on ne lui offrait pas un mandat périlleux pour sa conscience, et demanda aux visiteurs le temps d'examiner les pièces de la procédure avant de se prononcer (1).

On sait dans quelles conditions désespérées l'affaire se présentait. Intentée à l'instigation du duc de Choi-

(1) Le récit de cette visite se trouve dans le *Plaidoyer contre le duc d'Aiguillon*. Londres, 1787, in-8°.

seul, qui voulait écarter le duc d'Aiguillon du ministère, aggravée des rigueurs dont la famille Caradeuc-Lachalotais avait été frappée pendant la procédure de 1765 et 1766, elle venait d'être évoquée du parlement de Rennes à celui de Paris, dont les pairs étaient justiciables.

On accusait l'ancien commandant de Bretagne d'avoir fait essuyer à la province un despotisme cruel, d'avoir protégé les Jésuites, de s'être livré aux conseils de quelques meneurs turbulents et vindicatifs, de s'être proposé pour but l'avilissement, la ruine de la magistrature et des magistrats ; d'avoir favorisé des complots criminels de toute espèce, tramés pour perdre des hommes vertueux ; d'avoir ordonné ou souffert, qu'en vue de lui plaire, on attaquât leur vie par le poison et leur honneur par des dépositions mendiées et suggérées.

Quand le duc d'Aiguillon revint chez Linguet, il le trouva prêt à entreprendre sa justification. Le jeune avocat, n'ayant rien trouvé qui prouvât que son client eût prêté les mains aux intrigues dont il était soupçonné, ne voyant tout au plus en lui qu'un administrateur négligent, se livra, sur les documents considérables qui lui furent fournis, à un travail fort long et fort pénible, dont le mémoire de Juin 1770 est le résidu.

Ici, les faits historiques se pressent. Une sorte de partie s'engage entre le roi, la comtesse Dubarry, le chancelier Maupeou et l'abbé Terray d'une part, et le prince de Conti, le duc de Choiseul et le parlement de l'autre : l'honneur du duc d'Aiguillon est l'enjeu.

Louis XV, paraissant d'abord prendre grand intérêt

à l'affaire, préside en personne l'ouverture des débats à Versailles, le 4 Avril, le 7, et jours suivants ; mais le mariage du Dauphin avec Marie-Antoinette vient interrompre cette belle ardeur et même l'éteindre tout-à-fait. Sollicité par la comtesse Dubarry, qui favorisait ouvertement l'accusé, il se lassa subitement d'être impartial, et, après quelques efforts pour suivre le premier terme de l'avis de la magistrature : « *Si judicas, cognosce,* » il opta pour le second : « *Si regnas, jube.* »

A la suite de ces fêtes malheureuses, présage d'un sinistre avenir, le roi convoque donc un lit de justice, et, par lettres patentes du même jour (27 Juin), annule tout ce qui a été fait jusqu'à ce jour tant contre le duc d'Aiguillon que contre les sieurs Lachalotais et Caradeuc, imposant, à cet égard, le silence le plus absolu.

Fruit de la suggestion du chancelier, cette mesure ne devait pas rester sans effet. Aussi, quand le parlement, dont il méditait la ruine, indigné de ce coup, eut rendu, le 2 Juillet suivant, l'arrêt mémorable qui déclare le duc d'Aiguillon entaché et suspendu des fonctions de la pairie, sa perte fut résolue.

D'abord, par une ordonnance rendue en son conseil, le roi casse l'arrêt ; puis, au moment où il paraît céder aux remontrances et consentir à la reprise de l'affaire, il arrive le 3 Septembre, de grand matin, dans ses voitures de chasse, précédé des quatre compagnies rouges, enlève du greffe toutes les minutes du procès de Bretagne et les confie à la garde du chancelier, qui les emporte.

Le parlement, interdit, se sépare avant l'ouverture des vacances.

A la rentrée, il refuse l'enregistrement d'un édit qui blesse sa dignité, et, dans le lit de justice du 2 Décembre, réuni pour vaincre sa résistance, il a la mortification de voir siéger le duc d'Aiguillon parmi les pairs ; il proteste alors, se mutine, fait des représentations réitérées, suspend ses travaux et résiste aux lettres de jussion et aux ordres verbaux du roi.

Sur ces entrefaites, Louis XV, cédant encore aux séductions de la favorite et aux manœuvres de Maupeou, exile le duc de Choiseul. Par cette mesure, le parlement, ennemi du clergé dont il avait systématiquement étouffé les prétentions, du peuple, dont il négligeait les intérêts au moment où la rigueur des impôts et la cherté du pain lui faisaient un devoir plus pressant de les soutenir, de l'armée composée d'une jeune noblesse qui voyait sa propre cause dans celle du duc d'Aiguillon, le parlement, disons-nous, resta sans autre appui que lui-même.

Dans la nuit du 20 Janvier 1771, chacun de ses membres est réveillé au nom du roi, instruit d'un arrêt du conseil qui confisque sa charge, et emmené par deux mousquetaires sur un point du royaume où il lui est enjoint de rester.

Le chancelier compose alors d'éléments nouveaux ce parlement auquel on a donné son nom, et qui, à dater d'Avril 1771, fonctionna jusqu'à l'avènement de Louis XVI.

Pendant qu'avec l'aide de Maupeou et de madame Dubarry, le duc d'Aiguillon remportait sur la magistrature cette scandaleuse victoire, il trouvait l'opinion publique plus rebelle.

Linguet, chargé de la ramener, y travaillait sans

relâche. Au *Mémoire* de Juin 1770, œuvre où la patience et l'étendue des recherches ajoutent au prix de la forme, succèdent la *Lettre au procureur du roi* sur l'arrêt du 2 Juillet, puis l'*Examen des procédures de Bretagne,* et enfin les *Observations sur l'imprimé intitulé : Réponse des Etats de Bretagne au Mémoire pour le duc d'Aiguillon.*

Ces deux derniers ouvrages furent condamnés à être brûlés par arrêt du parlement de Rennes du 27 Juillet 1771, comme le premier l'avait été par arrêt du 14 Août 1770.

Ainsi, l'avocat du duc d'Aiguillon se signalait par son courage à mesure qu'on multipliait les épreuves. Ses ennemis du parti encyclopédique ne manquèrent pas d'attiser les mécontentements, et des épigrammes coururent la ville, où le client et le défenseur étaient frappés côte à côte. Linguet, dit une des plus violentes,

> Linguet loua jadis et Tibère et Néron,
> Calomnia Trajan, Titus et Marc-Aurèle;
> Cet infâme, aujourd'hui, dans un affreux libelle,
> Noircit Lachalotais et blanchit d'Aiguillon.

Nous ignorons quel écrit de Linguet contient des insinuations contre Lachalotais. Il n'y a rien de semblable dans les ouvrages que nous venons d'énumérer, à moins que ce n'ait été dans la *Lettre au procureur du roi*, qui n'a jamais été imprimée (1).

Quoi qu'il en soit, ces atteintes ne le trouvaient pas insensible. Dans les *Observations*, notamment, il s'écrie : « Fouquet était coupable : Pélisson n'était » pas même son avocat, et il s'est immortalisé par

(1) Lachalotais est traité dans les *Annales* comme « un *homme aussi respectable par ses vertus que par ses malheurs.* »

» la générosité qu'il a eue de le défendre. M. le duc » d'Aiguillon est innocent : par quelle fatalité me » trouverais-je devenu criminel pour avoir travaillé » à le justifier? »

Le zèle que déploya Linguet dans cette affaire ne lui était pas inspiré par la seule ambition : il faut lui attribuer une autre et plus louable cause.

Nous l'avons vu abandonner à ses sœurs et frères le revenu de sa part dans le greffe d'élection qu'ils tenaient de leur père. Il ne se crut pas quitte envers eux par ce sacrifice, et n'oublia pas les recommandations de son aïeule. Il se proposa donc d'établir honorablement les unes et d'ouvrir la carrière aux autres. En conséquence, dès qu'il s'était senti en voie de réussir, il avait appelé ses frères auprès de lui, se promettant de suppléer aux charges qu'il s'imposait par un surcroît d'opiniâtreté. L'un avait été placé chez un procureur, deux autres s'employaient au dépouillement des pièces de Bretagne, dont l'examen était indispensable pour justifier l'administration du duc.

Toute la correspondance de Linguet respire ce sentiment d'amour et d'abnégation envers la famille, qui est un trait caractéristique de son naturel comme de sa doctrine sociale. Seul, ce sentiment fut assez fort pour l'enchaîner jour et nuit à la plus aride besogne. Une fièvre continuelle, dont l'insomnie accéléra les progrès, mit un instant sa vie en danger. En vain ses amis voulurent-ils le convaincre que cette ardeur même, altérant sa santé, l'éloignait du but qu'il voulait atteindre ; en vain M. de Salpervick l'emmena-t-il mourant en Artois : Linguet consacra encore au travail les instants que lui laissait le délire, et, de son lit, adressa au chevalier d'Abrien ces pages admirables où circule un enthousiame qui n'est pas l'éloquence, mais, à défaut d'une entière conviction, le suprême effort du talent. Le bruit de son nom occupait un rang secondaire dans le prix qu'il attachait au succès. Le 18 Mars 1771, il écrivait au duc d'Aiguillon :

« Je n'ai demandé à M. de Maupeou qu'une faveur, » celle de réimprimer mes ouvrages. Cela m'aurait » produit un fonds dont mes frères et moi avons » besoin. Je ne lui en ai pas caché le motif..... » Il m'a répondu que mes écrits étant l'apologie du » despotisme, il n'en pouvait autoriser la réédition. » Vous le savez, Monsieur le duc, j'ai des frères plus » jeunes que moi dont j'ai été jusqu'ici le soutien.... » Orphelins comme moi, ils ont des droits sur les » fruits d'un talent que j'ai puisé à une source com- » mune, et ils en usent. Dans la déroute actuelle, il » faut que je les place. J'en ai un que j'envoie en » Amérique ; je lui ai trouvé le poste de premier » secrétaire de l'intendant de Saint-Domingue (1). Je » vais faire prendre le même chemin à un de ses » cadets. Ainsi, je suis réduit à regarder comme une » ressource l'expatriation d'une partie de ma famille. » Comment placer le reste ? »

Le client avait déjà oublié son défenseur : il ne répondit pas. Celui-ci pourvut seul à l'établissement de ses sœurs et frères. L'un d'eux (François-Augustin) devint chanoine régulier à Rouen, puis à La Ferté-Bernard, où il mourut en 1802 ; l'autre (Nicolas-

(1) Le jeune Marie Linguet partit, en effet, à la suite de M. de Montarchet, ex-conseiller au parlement de Dijon, nommé intendant à Saint-Domingue, et mourut dans cette île après un séjour de quatre mois.

Antoine), connu dans la famille sous le nom de Linguet-Deshalliers, acheta avec les fonds de l'auteur des *Annales* une charge d'avocat aux Conseils à Paris, et mourut en 1788. — Nous n'aurons plus à parler des uns ni des autres; mais la sollicitude de leur aîné les suit partout et se traduit tantôt en intercessions zélées, tantôt en sacrifices d'argent. N'obtenant rien pour eux du duc d'Aiguillon, il lui avait demandé pour lui-même l'admodiation de la terre de Montcornet :

« Vous savez ce qu'elle vous rend annuellement, » disait-il; le sacrifice que vous voudrez faire sur cet » objet excitera ma reconnaissance, et, quel qu'il » soit, le prix convenu de cette espèce de bail à vie » vous sera payé avec une exactitude rigoureuse. »

Le duc avait encore refusé. A la prière de sa mère, il avait offert cependant une petite maison au fond du parc de Vérêt, en Touraine, que la mort d'un chanoine de Tours desservant la chapelle du château laissait vacante. A son tour, Linguet avait repoussé cette proposition. Ses honoraires s'étaient donc bornés alors à quelques centaines de louis et à la charge de secrétaire du conseil des finances du comte de Provence, qu'il reçut le 21 Décembre 1771, et vendit sept mille livres en 1772.

Pour ne rien laisser derrière nous des œuvres avérées de Linguet, il faut mentionner deux opuscules contemporains : l'*Éloge de Maupeou*, publié dans une Galerie des hommes illustres qui parut alors, et reproduit depuis par Brissot (1), et les *Protestations et arrêtés des dames contre l'édit de 1770, le lit de*

(1) *Mémoires*, 2e vol.

justice du 13 Avril 1771, et tout ce qui a précédé et suivi.

Le premier de ces écrits, bien capable d'attirer sur l'auteur l'animadversion de ses confrères, a servi, plus tard, de grief quand il s'est agi de radier son nom du tableau des avocats ; le second, parodie de la fameuse et vaine protestation des princes (1), est un badinage sur la rébellion des parlements, dans lequel Linguet trouve moyen de se faire une petite place.

Le barreau de Paris, ne voulant pas reconnaître les nouveaux magistrats, tint tête pendant six mois au chancelier ; mais, quand il vit quelques-uns de ses membres vaincus par l'obstination du roi, il envoya une députation à Fontainebleau, en Octobre 1771, porter sa soumission aux pieds de Maupeou.

Retiré à Luciennes, près Marly, Linguet avait, dans cet intervalle, publié, sans se nommer, quelques mémoires judiciaires. Sa verve le trahit. Un de ces mémoires (2), surtout, attaquait la Ferme de façon à soulever de mortelles colères ; un autre (3) soutenait qu'un époux dont la femme est remariée en pays protestant peut contracter légalement un second mariage.

Vingt légistes réfutèrent cette opinion ; de tous les points de la France, les menaces et les injures lui étaient adressées. Les partisans du parlement exilé le couvrirent d'épigrammes ; on alla jusqu'à lui impu-

(1) Contre l'édit de Décembre 1770, les lettres patentes du 23 Janvier, etc...., lues aux membres du conseil, à Paris, le 12 Avril 1771.

(2) Pour D. Pedro d'Alvarada.

(3) Pour Sommer, charpentier de Landau.

ler la Correspondance secrète entre Maupeou et Sorhouet (1).

Il prêta serment avec trois cents de ses confrères, le 12 Novembre. Son inscription au tableau, en Mai 1770, avait souffert de grandes difficultés. D'abord, accusé du prétendu vol de cent louis au préjudice de Dorat, il avait dû invoquer le témoignage de son ancien ami, qui, dans une lettre au bâtonnier de l'ordre, s'était chaleureusement élevé contre cette calomnie; les paradoxes dont fourmillaient ses écrits, le peu d'estime qu'il affichait pour le droit romain, avaient fourni d'autres griefs également anéantis. De tous ces obstacles, cependant, et de la publication de ses mémoires, quand le barreau s'était unanimement abstenu, résulta une froideur manifeste dans l'accueil qu'il reçut au palais.

Il n'avait pas encore plaidé de vive voix. Son extérieur, nous l'avons dit plus haut, était chétif. « Linguet, disait Hérault de Séchelles, n'a pas le » débit le plus naturel, mais il est plein de grâce; il » appuie sur certains mots avec affectation peut-être, » mais c'est une affectation qui plaît; il trouve l'art » de tout faire ressortir (2). » — Il faut ajouter « à » cette physionomie railleuse, à cette voix flûtée » pour le sarcasme (3), » au tempérament irritable qui s'était donné carrière dans les lettres, une attitude impatiente et une certaine vivacité de gestes.

Il apportait encore au palais une faculté brillante,

(1) *Journal historique du parlement Maupeou*, 1er Août 1771 et 1er Septembre, p. 110, 2e vol.

(2) *Réflexions sur la déclamation*, à la suite du *Voyage à Montbar*.

(3) BERRYER père, *Souvenirs du barreau*, 1839.

l'esprit, don souvent funeste, invinciblement soumis à la raison et à la force, et toujours prêt cependant à se révolter contre elles.

Linguet débuta dans la plaidoirie verbale par une scandaleuse altercation. Choisi par la demoiselle Camp dans l'affaire de Bombelles, on lui opposa une lettre écrite par lui au vicomte de Bombelles, son adversaire, dans laquelle il le complimentait sur l'évidence de son droit. Il fallut prouver à l'audience que cet écrit était de simple politesse ; que, d'ailleurs, n'étant pas alors dépositaire des intérêts de la demoiselle Camp, il avait ignoré les arguments qu'elle pouvait faire valoir.

Une grave question était agitée dans ce procès. Le vicomte de Bombelles, épris d'une demoiselle de Montauban, l'avait obtenue de sa famille. Le contrat de mariage avait eu lieu en Janvier 1766, et la bénédiction nuptiale avait été donnée en Mars suivant, par un pasteur protestant. Le jeune seigneur, qui n'appartenait pas à la religion de sa fiancée, avait caché cette circonstance, dont il se promettait, peut-être, d'invoquer plus tard le bénéfice. En effet, après quelques années de la vie conjugale, il avait abandonné sa compagne et trahi ses serments (1). C'était une belle cause comme point de droit et comme question sociale ; le discours de Servan sur la validité des mariages protestants était dans tous les souvenirs : la parole impétueuse de Linguet le fit oublier.

Chargé en même temps de défendre le marquis de Gouy sur une demande en séparation de corps, il se

(1) Il s'était remarié à Paris, en Novembre 1770.

trouva au Châtelet, puis à la grand'chambre, en présence de Gerbier, avocat de la marquise.

Gerbier avait le geste sobre, la voix persuasive et douce, une connaissance profonde du droit et une argumentation solide, mais son esprit manquait de mobilité. Si quelque incident venait interrompre sa plaidoirie, il en renouait malaisément le fil. Il faisait grand cas de ses dehors. Avant d'aller à l'audience, il étudiait chez lui, devant une glace, le jeu de sa physionomie et le ton propre aux matières qu'il devait traiter.

Linguet, plus habile à saisir d'un coup d'œil tous les aspects d'une cause, plus vif, plus souple, harcela son adversaire, dont il connaissait le défaut, et, malgré les conclusions du ministère public, gagna devant les deux juridictions.

Mais cette manière de plaider, par sa nature seule, avait quelque chose d'une provocation. Pour peu que l'orateur fût animé et employât l'apostrophe directe, il pouvait piquer son contradicteur, surtout lorsque celui-ci, occupant, à juste titre, le premier rang au barreau, étant réputé ne soutenir que de bonnes causes, perdait deux fois de suite la partie contre un nouveau venu. Aussi Gerbier garda-t-il le souvenir de ce premier échec; puis, quand il eut succombé dans une autre rencontre, refusa-t-il de se mesurer désormais avec un adversaire qu'il ne pouvait démonter sans se passionner.

La foule, qu'avait attirée la rentrée de Gerbier sous un régime judiciaire qu'une notable partie de l'ancien barreau ne reconnaissait pas encore, se prit à applaudir le jeune défenseur du duc d'Aiguillon et de Labarre, qui semblait prendre à tâche de défendre l'humanité dans les plus difficiles conjonctures.

C'est à dater de ce moment que le nom de Linguet circula avec honneur dans le public, et devint au palais la proie des plus injustes jalousies.

Le duc d'Aiguillon, devenu ministre des affaires étrangères, crut devoir s'acquitter envers son ancien défenseur par des témoignages publics de reconnaissance. Il l'invita à ses dîners de cérémonie chaque semaine, et le présenta avec chaleur comme son plus véritable et plus utile ami. Linguet, qui rapporte ces protestations, ajoute : « Que n'aviez-vous alors, Monseigneur, une amitié moins verbeuse et plus efficace ! »

Outre la protection du ministre des relations extérieures, Linguet comptait celle du contrôleur des finances, chez qui l'avait amené un parent de Lequesne, M. Degouvre, procureur général à la Cour des Monnaies. Mais la fréquentation de l'abbé Terray, pas plus que celle du duc d'Aiguillon, ne faisait la fortune du jeune avocat. Il n'avait pas encore cet équipage et cet hôtel que Falconnet, son confrère, lui reprocha plus tard (1).

Aussi, quelques brillantes affaires vinrent à propos équilibrer sa situation pécuniaire et l'acheminer à un véritable et glorieux succès, notamment celle de la duchesse d'Olonne ; l'affluence fut si grande qu'on mit, pour la première fois, des gardes dans la grand'-chambre.

(1) Ce fut à la fin de 1772 qu'il quitta son très-modeste logement de la rue Saint-Séverin, pour occuper, rue Tiquetonne, la maison qui porte aujourd'hui le numéro 26.

Au procès du comte de Morangiès, enfin, on fut obligé de doubler le poste de la Tournelle.

Ce procès domine toute l'année 1772-1773.

La veuve d'un banquier nommé Verron porta plainte, en Septembre 1771, contre le comte de Morangiès, maréchal de camp et fils du marquis de Morangiès, lieutenant général des armées. Elle prétendit avoir fait remettre par son fils trois cent mille livres à ce jeune seigneur, qui, aujourd'hui, niait les avoir reçues. A l'appui de cette allégation, elle représentait des billets souscrits par l'emprunteur. Mais, dès le lendemain, le comte de Morangiès, à son tour, déposait une plainte contre la veuve Verron. Selon lui, cette dame lui ayant fait promettre 327,000 livres par son petit-fils le sieur Dujonquay, il avait consenti à souscrire quatre billets montant ensemble à pareille somme. Il ajoutait n'avoir reçu que 1,200 livres, et ne pouvoir obtenir la restitution des effets souscrits.

L'affaire ayant été jugée d'abord assez grave pour être plaidée devant la grand'chambre et la Tournelle assemblées, on crut devoir, après examen, l'envoyer en première instance au bailliage du palais, pour qu'elle revînt ensuite, après l'apuration des témoignages, au second degré de juridiction.

Linguet, avocat du comte de Morangiès, publia alors un mémoire contenant l'exposé des faits. Les avocats adverses en firent un autre avec des faits différents. Il y avait, dans le récit des deux parties et dans celui des témoins appelés par elles, des allégations si contradictoires qu'il était impossible de se prononcer sans réserve.

Cette énigme devenant plus obscure à mesure que les dépositions se produisaient, les gazettes, les correspondances se firent l'écho de tous les avis. — Le jeune maréchal de camp, dont le crédit était épuisé, a-t-il reçu les 100,000 écus? — Non, répondent ses amis, ses compagnons d'armes, solidairement liés au maintien de son honneur. — Non, répète Voltaire, pour qui le triomphe de la vérité n'est sacré que s'il ne préjudicie ni à ses liaisons, ni à sa fortune; et, dans dix brochures, il soutient la probabilité d'un fait dont il n'est assurément pas persuadé.

L'opinion populaire, fidèle à la loi constante qui la meut en sens inverse du courant qu'on veut lui donner, combat ces acclamations, et fête, à son tour, dans des réunions tumultueuses, la sentence du bailliage du 28 Mai qui condamne le gentilhomme.

Pendant trois mois encore, devant la juridiction supérieure, les consultations, les mémoires, les libelles s'échangent et passionnent l'attention publique. La Cour s'intéresse activement au résultat de l'affaire; un cortége brillant se presse aux audiences, sous les pas du prince d'Hennin, du comte de Lauraguais, amis du comte de Morangiès. Jamais le parlement n'a été le théâtre d'un semblable concours; la grand'-chambre est assiégée.

Enfin, le 3 Septembre 1773, après douze heures de délibération continue, les chambres assemblées rendent l'arrêt qui déclare nuls les billets opposés au comte de Morangiès, et lui adjugent une indemnité.

La première part dans ce succès appartenait à Linguet. Seul, il avait, pendant une année entière, prévenu ou repoussé les attaques des avocats adverses: Drou, Courtin, Lacroix, Vermeil, Falconnet, attaques presque toujours personnelles, et dictées plutôt par la jalousie que par un ressentiment légitime.

Selon leur drapeau, les mémoires et journaux du temps ont consigné en explosions injurieuses ou en récits flatteurs les péripéties de ce procès qui laissait, par son importance, bien peu de place à l'affaire Beaumarchais-Goëzman dans la conversation universelle.

L'avocat du comte de Morangiès obtint tout ce que son amour-propre pouvait rêver. Présenté au roi à Versailles, convié aux fêtes par lesquelles la jeune noblesse célébra sa victoire, il vit son nom atteindre les dernières limites de la popularité. On alla jusqu'à vendre des bonnets *à la Linguet*.

Les poètes de ruelles le chansonnèrent. Robbé ne pensa pas trop faire en donnant au récit du procès le cadre de l'épopée, et vendit en deux mois trois éditions du poëme : *La Lingue-Morangiade.*

Un versificateur plus délicat, mais aussi médiocre, répandit une longue épître dont nous citerons un passage assez propre à donner idée de cet engouement ridicule :

Tu triomphes, Linguet ; laisse frémir l'envie,
Donne-lui ce tribut que lui doit le génie.
Ce monstre, par ses cris, dès tes plus jeunes ans,
Aux vils persécuteurs dénonça tes talents.....
Tes ignobles rivaux, tes ennemis rampants
Autour de ton trophée enlacent leurs serpents.
Mais l'hydre est abattue, et ses têtes impures
S'épuisent du venin qui sort par ses blessures...
Sur toi, du haut du trône, entouré des beaux-arts,
J'ai vu, j'ai vu Louis attacher ses regards ;
En spectacle, à la Cour autour de toi rangée,
Tu conduisais vers lui l'innocence vengée ;
Et j'ai vu les Français, idolâtrant leur roi,
L'oublier un moment pour n'admirer que toi (1).

(1) Par M. Du Rufflé. (*Journal historique du parlement Maupeou*, p. 337.)

La noblesse du Gévaudan, dont faisait partie la famille de Morangiès, engagea les Etats de Languedoc à demander au roi des lettres d'anoblissement pour son chaleureux défenseur. Sur le bruit mal à propos répandu qu'on cherchait à obtenir pour lui le cordon de Saint-Michel, ses ennemis, qui ne s'agitaient pas moins que ses partisans, firent courir cette épigramme :

Ce pâle et débile squelette,
Détracteur de Titus, défenseur de Molette (1),
Du cordon noir veut être décoré ;
Pour rendre son nom plus célèbre,
Il faut à ce cordon funèbre
Joindre la croix de Saint-André (2).

Un de ses confrères, et de ceux qui se plaignaient le plus de la vivacité de Linguet, s'adressant à lui dans une brochure qu'on distribuait gratuitement dans la salle des Pas-Perdus, s'écriait : « Je vous » compare au Gille de la foire. S'agit-il d'un tour » d'adresse ou d'un saut périlleux, Gille se bat les » flancs, remue les bras, s'avance tout essoufflé, et, » après beaucoup de grimaces, finit par une plate » culbute (3). »

Quoi qu'il en soit, le succès avait couronné les efforts de Linguet et justifié l'assurance dont on lui reprochait de faire étalage. Sa personne pouvait donner prise à la critique, mais ses talents étaient incontestables. Le lendemain de l'arrêt, Voltaire avait dit le dernier mot sur ce point : « Linguet,

(1) Molette de Morangiès.

(2) Charpente sur laquelle on exécutait les criminels condamnés à la roue.

(3) Falconnet. (*Preuves démonstratives en fait de justice*, p. 7.)

» résistant seul, par sa fermeté et par son éloquence, » à une foule d'avocats séduits par les Verron, deve- » venus malgré eux les organes du mensonge, à la » cabale d'une populace déchaînée, à la sentence » d'un bailliage prévenu et partial, s'est fait une » réputation qui durera autant que le barreau (1). »

Les excès naissent les uns des autres ; les esprits les plus forts ne sauraient se soustraire à cette loi ; bien qu'ils la connaissent et la signalent, c'est sur eux qu'elle semble sévir avec le plus de rigueur. L'extrême faveur dont Linguet se vit comblé le rendit arrogant et intraitable. Un avenir glorieux s'ouvrait devant lui, il occupait le premier rang au barreau et pouvait aisément s'y maintenir. Cinq mois après, il en fut exclu.

La cause première de cette mesure remonte à ses débuts au palais. Il avait commencé, ainsi que nous l'avons vu, par se faire un ennemi de Gerbier, qu'on appelait alors l'*Aigle du Barreau*. Bientôt sa manière de plaider en se tournant fréquemment vers le public, comme pour lui demander un applaudissement, les interpellations directes qu'il faisait aux avocats (2), le sourire railleur dont il accueillait chaque terme de leur argumentation, tout avait indisposé ses confrères. Dès cette époque, il les traitait parfois insolemment. L'un d'eux, homme corpulent,

(1) VOLTAIRE. (*Quatrième Lettre à la noblesse du Gévaudan.*)

(2) Cousin D'Avalon a conservé quelques-unes de ses sorties. Elles ne pouvaient manquer de plaire à l'auditoire; aussi ses adversaires évitaient-ils, autant que possible, de les provoquer. Comme les adversaires de ce Cassius cité par Montaigne (*Ess.*, liv. I, ch. XI), ils craignaient de le piquer, de peur que la colère ne lui fît redoubler son éloquence.

s'étant, un jour, avisé de dire à l'audience : « ... Aussi, » nos adversaires ont-ils choisi un jeune avocat, no- » vice encore,... » Linguet s'était levé vivement pour répliquer, en le toisant du regard : « Mon client m'a » préféré parce qu'il ne mesure pas le mérite d'un » homme au volume d'air qu'il déplace. » Un peu plus tard, il s'était permis de lancer, indirectement, il est vrai, divers sarcasmes contre le premier avocat général de Vergès, et un autre avocat général nommé de Vaucresson. M. de Vergès l'aborde à l'issue de l'audience et lui reproche ces personnalités, ajoutant que personne ne s'y était trompé. « Tant mieux, ré- » pond Linguet, c'est une marque de la vérité de mes » portraits. » L'avocat général, piqué, lui demande s'il sait à qui il parle. « Oui, monsieur, je parle » à Me Jacques de Vergès, avocat général du parle- » ment, *à mon refus.* » Il devenait ainsi plus suscep- tible à mesure que sa réputation grandissait. Nous avons sous les yeux quelques lettres où respire cette intraitable fierté que l'orage menaçant vint stimuler encore.

« Je tâcherai de profiter ce soir, » écrivait-il au président Leprêtre de Chateaugiron, le 13 Mai 1773, « de l'audience que vous voulez bien m'accorder... On » me paraît déterminé, dans votre compagnie dont je » n'ai jamais démérité, à me sacrifier à la vengeance » petite, lâche, de deux avocats généraux qui ne vous » prennent pas pour modèle (1) et semblent prendre à » tâche de décrier leur place. Je n'ai pas encore pris

(1) Leprêtre de Chateaugiron, alors second président de la grand'-chambre du parlement de Paris, avait été avocat général au parlement de Rennes. Dans l'affaire du duc d'Aiguillon, il s'était montré favorable à l'ancien commandant de Bretagne.

» de parti, mais j'en prendrai un, et, s'il faut que » je me retire, ma retraite sera celle du lion : je ne » tournerai pas le dos et je combattrai jusqu'au der- » nier soupir. »

Deux mois après, il plaidait à la Tournelle sur une demande en nullité de testament pour cause de captation (1). La succession en litige étant importante, son adversaire avait interrompu son propre avocat et apostrophé Linguet avec une certaine vivacité. Le soir même, celui-ci, s'adressant au même président :

« Vous avez été témoin de ma modération devant » le tribunal, mais j'oserai vous demander à quoi » elle me sert. Vous avez été témoin aussi de la ma- » nière indigne dont M. de Portelance m'a insulté. » Cela sera-t-il toujours impuni ? On m'assure qu'il » veut imprimer son plaidoyer. S'il y a un seul de » ces mots-là, il peut être sûr que j'y répondrai avec » toute ma verve, et j'ose croire que, pour le coup, » monsieur le président Leprêtre ne sera pas de ceux » qui me blâmeront. »

Le plaidoyer dont il se plaignait n'avait, sans doute, pas été fort blessant ; mais le plaideur, connaissant l'humeur chatouilleuse de son adversaire, va le lui soumettre avant l'impression. Il se présente accompagné de son défenseur, M. de Piolenc, avocat médiocre, petit-fils d'un ancien premier président au parlement de Grenoble (2), demande audience et s'annonce avec toutes les marques de la déférence et

(1) Tranel, marchand d'Amiens, contre M. de Portelance. (*Collection de Brueil*, vol. 148, n° 2.)

(2) Au début de son plaidoyer pour le sieur Tranel, Linguet fait l'éloge de ce jeune avocat.

de la conciliation. Comment est-il reçu? Linguet va nous le dire.

« *A Monsieur le président Leprêtre.*

» Paris, 26 Juillet 1773.

» Je ne puis m'empêcher de vous rendre compte » d'une nouvelle incartade que vient de faire chez » moi M. de Portelance. Il a rencontré ce matin, au » palais, M. de Piolenc, et l'a prié de le mener chez » moi (1). Sa raison a été, à ce que m'a assuré » M. de Piolenc, qu'il craignait que je le jetasse par » la fenêtre. Son prétexte était de me montrer des » réformes qu'il avait, disait-il, faites à son discours » dans les endroits qui ont pu me choquer. Arrivé » à ma porte, il a prié M. de Piolenc de monter le » premier pour me prévenir. Toutes ces précautions » annoncent combien il sentait qu'il m'avait offensé. » Je l'ai fait inviter à monter, après avoir dit à » M. de Piolenc que je ne cacherais pas ma façon » de penser.

» En entrant, il est venu à moi pour m'embrasser; » je lui ai demandé alors s'il était Italien et si son » usage était de caresser les gens qu'il se réservait » la liberté d'outrager. Là-dessus, au lieu de parler » de réformes, d'adoucissements sur quoi que ce soit, » il s'est étendu sur son honnêteté de Samedi, sur la » justesse de tout ce qu'il avait dit, qui était, suivant » lui, très-essentiel à sa cause. Je lui ai fait sentir » nettement, mais sans sortir des bornes que la

(1) Linguet demeurait alors rue Tiquetonne, au coin de la rue Montmartre.

» circonstance de le voir chez moi m'imposait, que » sa conduite et ses propos avaient été très-indé- » cents. Il s'est récrié avec beaucoup de violence » contre M. de Piolenc, à qui il a reproché de lui » avoir tendu un piége...

» Il me semble que M. de Portelance n'est venu » chez moi que pour pouvoir dire qu'il y était venu, » qu'il avait été obligé d'en venir à un éclat avec » son propre défenseur, et qu'après avoir été insulté » par moi dans mon appartement, quand il y venait » avec des vues pacifiques, tout lui était permis. Je » vous avoue, Monsieur le président, que si je n'avais » respecté en lui l'intérêt dont vous m'avez paru » l'honorer, il aurait pu lui arriver ce qu'il disait » craindre, et sa retraite aurait pu être abrégée.

» Je vous rends compte de ceci, afin que vous » jugiez à quels hommes j'ai affaire, et qu'en » plaignant la destinée qui me condamne à être » compromis, lors même que je me soumets à la » plus excessive circonspection, vous veuilliez bien » me rendre justice, et ne pas me rendre respon- » sable des excès dont je suis l'objet. »

On ne peut méconnaître le tort du narrateur sous ce récit habile. Assurément, cet homme n'allait pas chez lui pour l'insulter, et dut être stupéfait de l'accueil qu'il y trouva. Nous avons reproduit la lettre tout entière, parce qu'elle semble prouver une chose : c'est que le travers d'esprit qui dirigea Jean-Jacques Rousseau pendant la seconde moitié de sa vie, se manifeste également dans les inexplicables sorties de Linguet. Qu'on n'y cherche pas un vice du cœur, il faudrait nier en même temps trop de bonnes actions.

Après l'affaire Morangiès, un procès non moins scandaleux vint occuper la curiosité publique.

Les ducs de Bellegarde et de Monthieu, accusés d'avoir frustré l'Etat de sommes considérables dans la fourniture et la réforme des armes pendant les années 1767, 1768, 1769 et 1770, comparaissaient devant un conseil de guerre séant aux Invalides et présidé par le maréchal de Biron.

La duchesse de Bellegarde, ne pouvant communiquer avec son mari, prisonnier à l'hôtel des Invalides, et ne possédant aucune pièce qui pût servir à sa justification, trouva difficilement des avocats disposés à l'entreprendre. Il faut ajouter que la concussion étant, pour ainsi dire, manifeste, l'opinion s'était prononcée. Les défenseurs avaient donc fort à faire. Ce fut Linguet et un avocat peu connu, nommé Mille, qui acceptèrent cette mission.

Ils la remplirent tous deux avec courage. Leurs consultations écrites, seul mode de plaider qui leur fût permis, sont pleines de généreux efforts.

Ils furent et ils devaient être impuissants. Le 10 Octobre, la commission militaire rendit un jugement qui cassait le duc de Bellegarde, le condamnait à vingt ans et un jour de prison, et le déclarait incapable de servir le roi. Le baron de Chargey, son neveu, assistait à la lecture de l'arrêt. Quand il vit l'accusé entouré de soldats et entendit prononcer son déshonneur, il fondit en larmes. « Pourquoi pleures-tu ? lui dit le duc de Bellegarde ; parce qu'on m'a cassé ? Va, les morceaux en sont bons. » Le duc de Monthieu fut déclaré incapable de faire aucune fourniture aux arsenaux ni aux troupes du roi, et condamné à rester en prison jusqu'à réparation complète du préjudice causé par lui au royaume.

Le marquis de Monteynard, ministre de la guerre, ayant exposé au roi que deux avocats au parlement s'étaient permis de publier leur avis sur une question dont la juridiction militaire était saisie, ce qui était de nature à en fausser la marche, Sa Majesté signa deux lettres de cachet qui exilaient Linguet à Chartres et Mille à Dijon. De sorte que, le jour où le duc de Bellegarde partait pour Pierre-en-Cise, son défenseur partageait sa disgrâce.

Ce fut à Chartres que Linguet connut une femme qui l'a suivi plus tard en Angleterre et en Belgique, et sur laquelle Brissot donne quelques détails. Nous aurons occasion plus tard d'en parler.

Il resta deux mois dans cette ville.

A son retour, il trouve le palais soulevé contre lui. Bientôt il apprend que Gerbier refuse de plaider pour le duc de Broglio contre madame de Béthune, sa cliente. — Déjà, dans l'affaire Morangiès, Gerbier n'avait pas voulu prendre la défense de la veuve Verron, pour ne pas se trouver en présence de son ennemi. — Gerbier, à qui les frères Michelin reprochent la soustraction de cent mille écus, sait que Linguet a mission d'exercer pour eux cette répétition. Il réunit les principaux avocats dans plusieurs conciliabules, propose la radiation de Linguet et annonce qu'il s'est assuré les avocats généraux pour cet objet. Il y avait encore de l'hésitation; quelques-uns opinaient pour qu'il fût suspendu une année, pendant laquelle Gerbier ferait sa retraite, quand tout-à-coup paraît une brochure intitulée : *Réflexions pour Me Linguet, avocat de la comtesse de Béthune*. L'auteur y avance que de cent causes dont on l'a chargé, il n'en a pas perdu dix; selon lui, la persécution qu'il endure est le fruit de la jalousie de ses confrères, et notamment de celui à qui ses succès au barreau pouvaient le plus porter ombrage: toutes choses vraies, mais plus propres à exaspérer les esprits qu'à les rallier. Aussi, quinze jours après la publication de ce factum, le parlement, sur le réquisitoire de l'avocat général de Vergès, rendit un arrêt aux termes duquel Linguet était rayé du tableau des avocats, pour avoir donné un écrit injurieux à l'ordre, et l'écrit était supprimé (11 Février 1774).

Le même jour, Linguet, accompagné de la comtesse de Béthune et du comte de Morangiès, court à Versailles. Le duc d'Aiguillon l'introduit auprès de madame Dubarry et sollicite vivement pour son ancien défenseur. Le lendemain, arrêt du conseil des dépêches portant surséance à celui du parlement, à qui un huissier de la chaire le signifie le 16. Ce triomphe ne fut pas de longue durée, car, sur l'exposition faite au roi des motifs de la mesure, une lettre ministérielle vint détruire, le 20 Février, l'effet de l'arrêt du 12.

Quelques jours après, Gerbier publiait un mémoire pour se disculper des insinuations contenues dans la consultation de Linguet. Mais il ne put se relever du coup qui lui avait été porté, et prit le parti de quitter la robe (1).

(1) Les avocats fidèles à l'ancien parlement, ne pardonnant pas à leurs confrères la prestation du serment de Novembre 1771, répandirent l'épigramme suivante quand parut le *Mémoire pour Gerbier :*

C'est grand dommage, dites-vous,
Ils sont fous,
Ces avocats de haut parage
Qui, dans des écrits pleins de rage,

Dans le cours de l'année 1774, de grands mouvements politiques s'opèrent : la mort de Louis XV, l'avènement de son petit-fils, l'exil de Maupeou, le rappel de l'ancien parlement et celui du comte de Maurepas au ministère.

Linguet redouble de persévérance : d'une main, il sollicite son rétablissement au tableau des avocats ; de l'autre, il accepte de Panckouke la direction du *Journal de politique et de littérature*. Cette feuille, qu'il rédigea du jour de sa création (25 Octobre 1774) jusqu'au 25 Juillet 1776 inclusivement, est le prélude des *Annales*.

Elle acquit tout d'abord un succès prodigieux, parce que le naturel impatient et agressif du rédacteur promettait du scandale.

Au début, la secte économique fut son point de mire ; n'était-ce pas là qu'il y avait du danger ? — Turgot arrivait aux finances, ses théories allaient s'imposer ; la liberté du commerce des grains, notamment, s'agitait au conseil d'Etat et dans les gazettes ; son application semblait imminente. Quelques voix s'élevèrent pour discuter cette mesure : celles de Necker et de Linguet sont les plus fermes.

Le nouveau ministre fit appeler ce dernier, à qui l'abbé Roubaud était, d'ailleurs, chargé de répondre dans la *Gazette d'agriculture* (1).

On sait quelle indépendance de discussion Turgot

S'arrachent la robe et l'honneur.
Quant à la robe, elle eut souvent pareil outrage.
Pour l'honneur, n'ayez crainte, il est bien défendu :
Linguet n'en eut jamais, et Gerbier l'a perdu.

(1) *Gazette d'agric.* V. 22 Novembre, 27 Décembre 1774 et année suivante.

autorisait sur les matières de son département. Jamais, depuis d'Argenson, ministre n'était entré aux affaires avec un programme plus libéral.

Dans son cabinet, ce fut tout autre chose. Il intima vertement au journaliste l'ordre de se taire au sujet des réformes financières. Mais, pour ne pas paraître publiquement en contradiction avec ses principes, il lui dit à haute voix, en le reconduisant dans le salon d'attente, où se tenait un nombreux auditoire : « Ah » çà ! Monsieur Linguet, point d'invectives, de per- » sonnalités, de la modération dans vos comptes- » rendus. » Sur quoi, celui-ci, outré d'une pareille hypocrisie : « Mais, Monsieur le contrôleur général, » à qui m'en rapporter ? au ministre qui vient de me » parler tête-à-tête, ou au ministre qui me parle ici » en public (1) ? »

Turgot et Trudaine chargèrent un des plus zélés propagateurs de leurs opinions, l'abbé Morellet, d'en tirer vengeance.

Ce littérateur, qui n'avait pas d'idées à lui, qui servait tour-à-tour les plus basses et les plus nobles doctrines, qui a signé dans l'*Encyclopédie* des lignes empreintes d'un sage amour de l'humanité, et qui, courtisan inhumain, vendait ailleurs sa plume aux financiers du pacte de famine, l'abbé Morellet s'enferme chez lui avec tous les ouvrages de Linguet, en extrait les pensées hardies, et les combat dans une brochure qu'il intitule *Théorie du paradoxe*.

« Lorsque j'eus fini, dit-il dans ses *Mémoires*, je » lus l'ouvrage chez Madame Trudaine, à MM. Ma-

(1) PIDANSAT de Maisobert, l'*Observat. anglais*, 1776, 1er vol., p. 310.

» lesherbes, Turgot et Trudaine de Montigny. M. de » Malesherbes prit la défense de ce pauvre Linguet. » Je consentis à ne publier que quand son affaire » avec le parlement serait éteinte, mais je fis impri- » mer et gardai les exemplaires *tanquam gladium* » *in vagina*. Dès que Linguet fut définitivement rayé, » dès l'audience de sept heures, on mit en vente, au » palais et chez divers libraires, la *Théorie du* » *paradoxe;* huit jours après, je fus obligé de faire » une nouvelle édition à 2,000 exemplaires; ce ne » fut pas long, cinq ou six feuilles avaient été gar- » dées toutes composées. *Bien me prit de m'êtrepressé* » *pour la publication*, car M. Trudaine de Montigny, » étant allé à Versailles le lendemain même du ju- » gement, m'envoya en grande hâte un exprès qui » m'arriva vers deux heures pour me dire que le » garde-des-sceaux voulait que je différasse la pu- » blication de ma critique. J'avais, je l'avoue, pres- » senti quelque défense de ce genre, et, comme j'a- » vais travaillé à la rendre inutile, ma réponse fut » que l'ouvrage était publié (1). »

On sait dans quelles conjonctures paraissait la *Théorie du paradoxe*. Linguet, rétabli un moment au tableau (11 Janvier 1775), s'en voyait exclu de nouveau (4 Février 1775), après s'être consumé deux mois en douloureux efforts pour disputer son état à ses confrères, comme le patient dispute sa vie à l'exécuteur.

Le *Journal historique du parlement Maupeou* donne tous les détails de cette période si curieuse de

(1) *Mémoires de l'abbé Morellet*, 1819.

l'histoire du barreau (1). On assiste aux réunions tumultueuses des avocats, aux démarches secrètes des meneurs, à la lutte fiévreuse dans laquelle Linguet dépensa tant d'éloquence et d'énergie. Mais ses protecteurs virent bien que, sous l'ancien parlement rétabli (2) comme sous le parlement Maupeou, tous leurs efforts seraient inutiles devant la haine collective de ses confrères; et, lorsque, le 8 Octobre 1775, il présenta au roi, sur la terrasse de Choisy, une requête tendant à obtenir par les voies légales sa réintégration au palais, cette tentative resta sans résultat.

Cependant, le *Journal de politique et de littérature* atteignit un degré inespéré de prospérité. Plus de six mille souscripteurs, chiffre considérable pour le temps, témoignaient du prix que le public attachait déjà aux hardiesses de l'analyse politique. Le rédacteur n'y

(1) Vol. VII, p. 81 à 97, 134-144, 164-172, 190-196, etc... Voir aussi les gazettes, les correspondances de *Grimm*, *La Harpe*, etc., Bachaumont.

(2) Tout le monde ne l'approuvait pas, témoin cette médiocre épigramme :

Tes pairs, ne pouvant pas devenir tes semblables,
Linguet, t'ont rayé du tableau.
Deux arrêts inconciliables,
Dont l'un met à tes pieds tes rivaux méprisables,
Et l'autre te condamne à quitter le barreau,
Démontrent à toute la France
Que le vieux parlement, revenu du tombeau,
N'a pas encor repris toute sa connaissance.
Si l'on eût pu prouver au parlement nouveau
Une pareille inconséquence,
Tout Paris en fureur eût demandé vengeance ;
Mais les magistrats d'à-présent
Savent impunément
Incliner la balance au gré de leur pouvoir
Et, dans la même circonstance,
Absoudre, condamner, prononcer blanc ou noir.

parlait pas trop de lui-même et ne signait pas toutes ses œuvres (1). Les gens de lettres y recevaient de vives leçons; pourtant l'esprit de parti n'entrait pour rien dans ces rigueurs qui portaient avec elles leur justification. Gilbert, Dorat, Champfort y sont favorablement traités ; mais Marmontel, d'Alembert et La Harpe y reçoivent de mortelles atteintes.

Marmontel attribue, dans ses *Mémoires*, la sévérité de Linguet à des sentiments de jalousie. Selon lui, l'avocat du duc d'Aiguillon ne pouvait lui pardonner d'avoir accepté de ce ministre la place d'historiographe de France, à la mort de Duclos. « Il prétendait que cette place lui avait été promise, dit » l'auteur des *Contes moraux*; d'ailleurs, sa haine » contre moi remonte plus haut.... Tandis que je » logeais chez Madame Geoffrin, Garville vint me » voir : — « Le duc d'Aiguillon est mécontent d'un » mémoire que vient de terminer son jeune avocat; » le style est ampoulé, déclamatoire ; il m'a prié de » chercher un correcteur : voulez-vous vous en » charger ? » — J'acceptai. Mais, quand le duc rapporta » à Linguet son travail corrigé, celui-ci refusa de » continuer de le défendre, s'il ne rétablissait l'ouvrage dans sa forme première. Il apprit que » c'était moi qui avais remanié le mémoire, et » devint mon ennemi le plus cruel ; le journal qu'il » fit dans la suite fut inondé du venin de la rage dont » il écumait à mon nom (2). »

Voilà, en substance, les motifs que Marmontel sup-

(1) Entre autres une pièce de vers sur l'ingratitude, à l'adresse du duc d'Aiguillon sans doute, dans le numéro du 15 Février 1775, et des réflexions sur l'imprimerie, dans celui du 5 Mai 1776.

(2) *Mémoires*, livre IX.

pose à la très-juste critique du *Journal de littérature*. Ce qui est certain, c'est qu'il existait entre Linguet et lui une haine à laquelle l'auteur des *Annales* assigne une autre cause (1).

Nous avons fait connaître le principe de l'animosité qu'il témoignait souvent pour d'Alembert ; peut-être faut-il y ajouter que ce philosophe n'avait pas voulu appuyer sa candidature au fauteuil académique Candidature, c'est beaucoup dire, Linguet n'avouant jamais qu'il se soit mis sur les rangs ; mais nous pouvons croire Devérité, quand il nous parle de certaines visites faites aux académiciens par le jeune écrivain de la *Théorie des lois*, en 1768. D'ailleurs, la manière dont il traite l'Académie, chaque fois qu'elle se rencontre sous sa plume, dénote un dépit intéressé.

Quant à La Harpe, il s'était depuis longtemps aliéné la bienveillance de Linguet par les jugements sévères qu'il avait portés, dans le *Mercure*, contre plusieurs de ses productions ; dans les notes qui accompagnent sa traduction des *Césars* de Suétone, dans celles notamment de Néron, de Titus et de Vespasien, l'auteur des *Révolutions de l'empire romain* avait été traité sans égards, quoiqu'avec justice. Ne venait-il pas, dans sa *Correspondance littéraire*, de dire, à propos des affaires Morangiès et de Béthune : « Leur avocat possède, il » est vrai, cette qualité de l'orateur qui consiste à » bien connaître la multitude et à la dominer en la » méprisant ; mais je ne connais personne qui ait

(1) « Marmontel, dit-il, devait épouser la sœur d'un des avocats » de Dujonquay (affaire Morangiès), et faisait partie de la cabale » ameutée contre moi. » (T. IV des *Annales*, avertissement.)

» plus d'audace dans la tête et moins de courage » dans l'âme.... Il va toujours s'enfonçant dans la » honte. »

Quoi qu'il en soit, les critiques du *Journal de politique et de littérature* nous paraissent équitables et, de plus, elles sont savantes.

L'auteur de *Warwick* s'en offensa; il s'en plaignit même amèrement dans une lettre insérée au *Mercure* d'Octobre 1775. Linguet, à son tour, le provoqua à un petit duel littéraire qui ne fut pas accepté. Il s'agissait de concourir ensemble à un prix d'éloquence dans une académie de province. Rien n'est plus curieux que cette rencontre (1). Par malheur, elle eut une funeste issue.

En Juillet 1776, La Harpe entre à l'Académie Française. Que Linguet ait assisté à la séance avec Brissot, comme le prétend celui-ci; qu'il n'ait connu, ainsi qu'il le dit lui-même (2), le discours de réception que pendant son voyage à Ferney, peu importe. Toujours est-il que le numéro (3) suivant de son journal contint une critique si mordante des discours échangés dans cette solennité, que deux académiciens, au nom du corps dont on blâmait trop vertement le choix, allèrent demander aux ministres qu'on lui enlevât la rédaction de sa feuille. Dès le lendemain, Panckouke reçut du comte de Vergennes et du garde-des-sceaux l'ordre de se pourvoir d'un autre

(1) *Journal de politique et littérature*, n° 30. 25 Octobre 1775.

(2) Lettre au roi, de Bruxelles, 20 Août 1776. (*Mémoires et plaidoyers de Linguet*, édit. d'Amsterdam, onzième vol. Bibliothèque Mazarine)

(3) Numéro 21.

rédacteur, s'il ne voulait encourir la suppression du journal.

Ce fut à La Harpe lui-même et à un professeur de province encore inconnu (1), que le libraire confia la dépouille de Linguet. Le chiffre des abonnements tomba tout-à-coup des deux tiers.

On pouvait croire qu'après ces violentes proscriptions, l'homme qu'elles avaient frappé aurait joui en repos d'une indépendance de fortune chèrement acquise. Il n'en fut rien. Huit mois seront à peine écoulés, qu'une nouvelle machine de guerre foudroiera ses ennemis ; plus terrible que l'arme si aisément brisée dans sa main, ses coups auront plus de retentissement et plus de force.

Le séjour de Linguet à Ferney a été diversement raconté. « J'ai été payer à l'homme le plus célèbre » de ce siècle le tribut que tout homme de lettres lui » doit, » dit-il lui-même. Voltaire, dans sa correspondance, parle de cette visite en termes différents, selon les gens à qui il s'adresse. Ses lettres à Mallet du Pan et le témoignage de celui-ci suffisent pour établir que l'entrevue fut, d'une part, franche et noble, de l'autre, sinon cordiale, au moins démonstrative.

Dans les premiers jours d'Août 1776, Linguet revint à Paris, confia tout ce qui lui appartenait à Lequesne, lui fit ses adieux et partit pour Bruxelles, en embrassant le jeune Brissot, dont il avait, depuis peu, reçu l'hommage enthousiaste.

C'est là qu'il écrivit au roi de France un éloquent résumé de ses récriminations, dont nous donnerons plus loin quelques extraits, et fit imprimer la *Collec-*

(1) Fontanelle.

tion de ses plaidoyers et mémoires, la plus complète qui existe (1).

Le talent oratoire de Linguet a été spirituellement traité par Voltaire : « On s'est plaint de sa vivacité, » mais il faut pardonner à son feu qui brûle en fa- » veur de la clarté qu'il donne (2). »

Tous ses plaidoyers ont le même défaut, l'absence du calme qui donne plus de poids à la raison. Aussi, un détracteur habile a-t-il osé lui dire : « Voulez-vous » une juste image de votre manière? Placez un vase » sur un grand feu, jetez-y une cuillerée de lait. Il » bouillonne, remplit le vase, mais ce n'est que de » l'écume (3). »

Une fois ce reproche accepté dans la mesure qu'il mérite, nous pouvons hardiment avancer que l'éloquence judiciaire n'a jamais eu un plus brillant interprète.

Avec un caractère moins emporté, Linguet eût plaidé avec grâce, doué comme il l'était de finesse et d'esprit. Violent, au contraire, et ombrageux, son style devait être ferme et impétueux.

Il est rarement profond, mais il cherche à raisonner comme Sénèque et à écrire comme Cicéron. Quand sa pensée se repose au milieu d'un orage, le cœur de l'homme, du philosophe, vous fait oublier un moment, par quelque réflexion touchante, les mouvements passionnés de l'avocat. Ainsi, dans le résumé

(1) Elle porte la date de Liége pour les dix premiers volumes, et d'Amsterdam pour le onzième. L'édition de 1773 est très-incomplète.

(2) Deuxième lettre à la noblesse du Gévaudan, 16 Août 1773.

(3) Falconnet, *Défense des preuves démonstratives*. Collection de Brueil. Mémoires anciens. Biblioth. des avocats, à Paris.

général pour le comte de Morangiès, après une apostrophe vigoureuse contre la sentence du bailliage, il s'apaise tout-à-coup, envisage avec stupeur l'éventualité d'un arrêt qui déshonorerait une des plus vieilles familles de la noblesse du Dauphiné ; puis, éloignant cette idée comme un rêve du désespoir : « Ne faut-il pas de temps en temps, ajoute-t-il, des » exemples capables de nous rassurer, nous, enfants » obscurs d'une patrie que nous servons et qui sou» met sans nous consulter notre fortune, notre hon» neur, notre vie à des mains que nous ne choisis» sons pas ? »

Mais ce retour au calme de l'exorde est rare chez Linguet. Son discours est un torrent. Pour en prévenir les écarts, il lui donne la forme du syllogisme, précaution salutaire qui discipline les élans d'un zèle parfois exagéré. Plusieurs de ses clients ont dit à Lequesne : « Votre ami prend à ma cause plus d'in» térêt que moi-même ; ne craignez-vous pas que sa » chaleur me nuise ? » Hérault de Séchelles lui ayant demandé comment il travaillait : « Après avoir bien » étudié une affaire, répondit-il, je pose les termes » d'un raisonnement, et, deux jours avant de plaider, » me pénètre à ce point des sentiments que je dois » faire partager au tribunal, que je suis en proie à » la fièvre et à l'insomnie. »

Dans ces conditions, il ne pouvait manquer d'éloquence ni d'entraînement.

C'est lui qui a introduit au barreau le système de généraliser les faits d'une cause dans l'exposé qui précède l'argumentation. Souvent même, il lui arrive d'y revenir incidemment au milieu de la plaidoirie, comme dans cette sortie contre Gerbier : « ...... Et

» c'est la vivacité d'un zèle intéressé que vous pré-
» tendez punir par une exclusion infamante? Que
» serait-ce donc s'il se trouvait au palais un homme
» qui vendît toujours ses paroles et quelquefois son
» silence; un homme qui n'ouvrît jamais la bouche
» qu'on ne sût à quel prix, et qui, mettant un impôt
» sur ses succès, n'envisageât dans la victoire qu'un
» prétexte à des rapines; un homme qui, étant re-
» cherché par les deux parties, prît, pour se décider
» entre elles, la balance, non pas de la justice, mais
» de l'avidité, et se louât publiquement à celle qui a
» fait briller plus d'or ou sonner plus d'argent en
» entrant dans son cabinet; un homme capable de
» changer de parti avec la fortune et de requérir à
» grands cris le déshonneur, la perte des clients dont
» il aurait été le conseil et dont il serait encore le
» débiteur (1); un homme, enfin, exposé à des répé-
» titions honteuses, accusé juridiquement d'un abus
» de confiance de la plus basse, de la plus criminelle
» espèce..... Si un tel homme existait au barreau,
» ne serait-on pas autorisé, d'après ce que je prouve,
» à croire qu'il y serait regardé avec horreur, et
» qu'on ne croirait jamais l'en avoir banni avec assez
» de précipitation?... »

Il faut se rappeler qu'au moment où Linguet parlait ainsi, son confrère venait de le faire exclure (Février 1774) et s'en félicitait hautement.

Le plaidoyer pour le comte de Morangiès, que l'on a souvent cité comme le chef-d'œuvre de Linguet, est celui où règne le plus de méthode. L'orateur, à la suite d'un récit où ne figure aucun nom et présenté,

(1) Allusion à la répétition des frères Michelin.

à la faveur de cette réserve, sous des couleurs très-favorables à son but, mais très-injurieuses pour ses adversaires, établit les points en question comme éclaircis déjà. On comprend ce qui en résulte ; c'est le fond de l'affaire préjugé. Puis, vient la discussion adroitement conduite et éloquemment close par un résumé judicieux.

Il y a moins de violence que dans ses autres écrits juridiques, je le veux bien ; c'est plus fortement raisonné, plus sage ; est-ce à dire cependant qu'il n'ait rien produit de mieux ? Quand il défend sa propre cause, par exemple, sous quelque forme que ce soit, plaidoirie ou mémoire, ne sent-on pas des sanglots véritables sous le plus pompeux langage dont la barre ait retenti ? Ce mélange d'une douleur poignante exhalée dans un style plein de majesté n'est-il pas aussi propre à convaincre et plus éloquent cent fois qu'une dialectique captieuse ? Quelle verve ! quelle passion ! et en même temps quelle élégance dans ces périodes cicéroniennes de *l'Appel à la postérité* :

« ... Enfin, vint l'affaire de Morangiès. C'est alors
» que j'ai rempli les devoirs de ma périlleuse pro-
» fession dans toute leur étendue...

» Prévention, manœuvre, crédit, autorité, il fallait
» tout choquer, tout combattre. Je n'hésitai pas. Té-
» moin du déchaînement de la moitié peut-être de
» la nation ; menacé, compromis dans ma personne ;
» outragé publiquement aux audiences ; indignement
» calomnié dans les écrits ; sourdement attaqué dans
» la procédure, et par des moyens..... mais j'ai pro-
» mis de me taire ; ayant à me défendre des frayeurs
» de mes amis plus encore que des intrigues de mes
» adversaires ; seul contre un monde entier d'enne-

» mis, j'ai présenté ma tête à la justice (1) pour
» garantir celle d'un innocent que son bras trompé
» allait assassiner. J'ai fait voir au public de quelle
» ressource pouvait encore être, même dans nos
» siècles d'abâtardissement et d'inertie, la profession
» d'avocat exercée par un homme intègre et ferme,
» chez qui le courage de l'esprit est produit par la
» droiture du cœur.

» Qu'on me pardonne de parler ainsi de moi-même.
» J'en ai assez chèrement acheté le droit, et, d'ail-
» leurs, s'il est permis à mes concurrents de multi-
» plier des impostures pour me dégrader, pourrait-on
» me défendre de réveiller des vérités qui m'hono-
» rent ?

» Enfin, j'ai vaincu. On se rappelle comment,
» après une instruction si longue, si violemment
» suivie, etc.... »

Et dans un autre endroit du même plaidoyer :
« Ne voyez-vous pas, jurisconsultes éclairés, qui
» passez vos jours à combattre par le secours de la
» raison et des lois les abus de la force, qu'il vous
» sied moins qu'à tous autres de vous les permettre ?...
» Quand j'ai employé, sous la sauvegarde des lois,
» la moitié de ma vie à me rendre digne d'un état
» pénible et utile au public, ce n'a pas été pour
» courir le risque de me voir, dans l'âge mûr, ex-
» clu de cet état, exclu par un caprice odieux, exclu
» avec une ignominie qui me fermerait l'entrée de
» tous les autres, en supposant que j'eusse des ta-
» lents universels. Il faut un délit pour motiver cette

(1) Il s'était offert comme caution après la condamnation de Morangiès par le bailliage.

» mort rigoureuse, et, encore une fois, je n'en ai
» point commis.

» Quelle doit donc être la pureté, j'ose le dire,
» l'inculpabilité d'un homme contre lequel, en dix
» ans de fureur, de rage, de recherches, de calom-
» nies en tout genre, on n'a pu ramasser que les
» étranges puérilités que vous m'opposez? Mes
» mains ne sont point souillées; ma conscience est
» intacte. Et vous me dévouez à l'opprobre, sous
» prétexte que *je fais un journal* et que vous ne
» m'aimez pas?..... »

Il faudrait citer chaque page de ce recueil animé tour-à-tour par l'attendrissement et la fureur, monument curieux d'une hardiesse dont on ne verra plus d'exemples.

Dans la lettre qu'il adressa au roi en quittant la France, sorte de manifeste destiné à expliquer son exil : « Je rédigeais, depuis un an et demi, un journal
» qui était devenu mon état, dit-il; chassé du bar-
» reau, en effet, je n'avais pu me résoudre, comme
» on me le conseillait, à être avocat consultant; j'avais
» préféré un travail que je croyais plus doux à la lutte
» éternelle et terrible qu'il fallait soutenir, dans le
» prétendu sanctuaire des lois, contre le crime et la
» séduction, pour leur arracher l'innocence. Et ce
» journal, cette ressource, on me l'enlève. Et pour-
» quoi? Parce que j'ai manqué à La Harpe! Mais nous
» avons vu, pendant vingt ans, Voltaire compromis
» par Fréron. Porté-je donc au front un sceau de
» réprobation universelle qui enhardit tous les
» hommes à m'écraser? Les avocats m'ont défendu
» de parler, les ministres m'ont défendu d'écrire; au
» premier moment, je recevrais donc une lettre minis-

» térielle qui me défendra de penser? C'est à peu » près le seul attentat contre la justice et la raison » qu'il reste à commettre envers moi! »

Il n'y a pour cette âme ardente ni sang-froid ni découragement : son amertume est fiévreuse, son dépit est arrogant ; et quand il n'éprouve aucun de ces sentiments, il est enthousiaste. Ainsi, dans le *Mémoire pour le duc d'Aiguillon*, on lira son éloge en termes si chaleureux, qu'ils en sont presque ridicules. C'est le sauveur de la Bretagne ; il a fixé sur les côtes de cette province la victoire qui abandonnait les armées françaises ; il a rétabli sans frais les communications entre les villes et multiplié les débouchés du commerce par la multiplication des chemins. Il a maîtrisé la mer, en réparant presque tous les ports dégradés ; maîtrisé également les rivières, en creusant leurs lits ; les sables même de l'Océan, en leur arrachant les vastes terrains qu'ils avaient déjà submergés, et une ville entière (1) qu'ils menaçaient d'ensevelir bientôt, etc...

Nous ne devons pas oublier, en traitant des productions judiciaires de Linguet, son plaidoyer contre le même duc d'Aiguillon, qu'il avait défendu avec tant de zèle. Ce plaidoyer a été prononcé en 1787 ; bien que son objet fût peu propre à des mouvements d'éloquence (il s'agissait d'une répétition d'honoraires), il s'y rencontre de beaux passages (2).

Il avait répondu à la *Théorie du paradoxe* par la *Théorie du libelle*. La première de ces brochures se termine ainsi :

(1) Saint-Pol-de-Léon.

(2) Notamment page 148, et à la fin du volume, tout ce qui a trait aux lettres de Septembre 1774.

« ..... Le reste du traité manque... Il serait à dé-
» sirer qu'il fût achevé par une main exercée, et
» nous ne voyons que M. Linguet lui-même qui
» puisse rendre ce service au public dans les mo-
» ments que lui laisseront désormais sa profession
» d'avocat et son métier de journaliste. »

La *Théorie du libelle,* relevant ce lourd sarcasme, y répond plus lourdement encore :

« Cet illustre proxénète de la science, y est-il dit
» de l'abbé Morellet, s'est élevé au-dessus de tous
» les éloges en forçant son cœur à outrager un
» homme renversé, et son pied de derrière à se
» lever pour lui donner le dernier coup. »

Laissons dans l'oubli ce petit écrit ainsi que la riposte de Morellet : *Réponse sérieuse.* Tout cela ne fait honneur à personne, c'est un pugilat d'invectives.

Plus tard, Linguet, honteux de s'être laissé aller à cette altercation, cherche à s'en justifier dans les *Annales* : « L'homme innocent, le cœur droit peut
» être écrasé par une foule furieuse, mais il ne con-
» trefait pas l'immobilité de la mort pour sauver les
» restes de sa vie. Au moment où j'étais poursuivi
» par une meute acharnée; où une cour instituée
» pour rendre la justice me refusait son appui ; où,
» d'après cet axiome : *Res est sacra miser*, j'avais
» droit, non-seulement aux égards dus à l'innocence,
» mais à la commisération qu'inspire le malheur,
» l'abbé Morellet, sans avoir eu avec moi aucune
» discussion, sans m'avoir jamais vu, sans avoir ja-
» mais été nommé ou désigné par moi, est venu se
» déclarer la trompette de mes ennemis... Il m'a fait
» le plus sanglant outrage qu'un homme puisse
» recevoir d'un autre, un outrage du genre de ceux

» contre lesquels les lois de tous les peuples pro-
» noncent le dernier supplice. »

Il ne nous reste qu'à étudier les ouvrages politiques de Linguet. Ils se lient intimement à son œuvre capitale, les *Annales*, publication bi-mensuelle, dans laquelle, d'ailleurs, ils ont été presque tous insérés. En racontant sa vie, nous analyserons sommairement ce journal, où sont traités à la fois, avec une grande sûreté de vue, les rapports internationaux des deux mondes et la marche rapide de l'esprit révolutionnaire dans l'Europe occidentale.

TROISIÈME PARTIE. — 1776-1794.

« Il n'y a point de galant homme qui ne se fasse
» un devoir d'aimer sa patrie ; on peut avoir à se
» plaindre d'elle, on peut gémir des injustices que
» l'on y éprouve, des ingratitudes qu'elle tolère, mais
» il n'est jamais permis de s'en détacher. C'est une
» mère sujette à des absences, et dont une larme,
» une caresse, font oublier tous les caprices. Je le
» répète, j'adore ma patrie ; je l'ai quittée, parce
» que ma personne était en danger, parce que les
» lois et la justice étant en ce moment sans force,
» il n'était pas de la prudence de rester exposé à
» des excès qu'elles ne pouvaient réprimer. Voilà ce
» qui m'a déterminé à m'éloigner de la France ;
» mais je périrais mille fois plutôt que de hasarder
» un pas qui pût lui être préjudiciable (1). »

C'est ainsi que Linguet motive sa retraite. Il avait le cœur gonflé de colère contre le parlement et l'ordre des avocats, contre le duc d'Aiguillon et le comte de Vergennes.

Son ressentiment à l'égard du barreau de Paris n'a pas besoin d'explication ; mais les attaques dont son premier client devint l'objet de sa part, mais la lettre violente qu'il adressa aux ministres de France, en

(1) *Lettre au comte de Vergennes*, Lond., 1777, p. 42.

posant le pied en Angleterre, nous obligent de revenir un moment sur le passé.

Après le premier arrêt de radiation rendu contre Linguet, en 1774, nous avons vu le duc d'Aiguillon solliciter son rétablissement. Bien que cette démarche fût restée sans succès, elle méritait d'être appréciée. Linguet, attribuant son inefficacité à la tiédeur du zèle de son protecteur, le soumit à une seconde épreuve. Il demanda une place dans les bureaux de son département. Le duc d'Aiguillon lui répondit que ses connaissances sur la matière politique, et notamment sur la politique étrangère, ne s'étant jamais produites jusque-là, il ne pouvait lui confier inconsidérément un poste qui exigeait de sérieuses études. C'est alors, et pour répondre à cette objection, que Linguet lui renvoya un mémoire sur le partage de la Pologne qu'il lui avait déjà proposé en 1771. Le duc d'Aiguillon, ne voulant ou ne pouvant s'en occuper, garda le silence.

Sur ces entrefaites, survint le changement de règne. Le corps diplomatique tout entier fut renouvelé. Le duc perdit sa place et se retira à Vérêt.

Il pouvait s'y croire à l'abri de toute sollicitation, n'ayant d'autre crédit que sa parenté avec le comte de Maurepas, lorsqu'il reçut de Linguet, en Septembre 1774, des lettres furieuses qui lui reprochaient la stérilité de sa reconnaissance pour son ancien défenseur, et réclamaient une rémunération pécuniaire trop longtemps attendue.

Ce furent ces mêmes lettres qui servirent de grief, six mois après, à la seconde proscription du signataire.

Il ne pardonna jamais au duc d'Aiguillon de les

avoir communiquées à ses ennemis, et jura de poursuivre juridiquement contre lui le paiement de ses honoraires, se croyant désormais, par la perte de son état, habile à former cette réclamation qu'une sage mesure interdit aux avocats.

Le comte de Vergennes, au contraire, appelé au conseil dès l'avènement de Louis XVI, s'était empressé d'assurer Linguet de sa protection. « Je n'ai » pas encore eu le temps, lui écrivait-il le 31 Juillet, » d'examiner la requête que M. Lequesne m'a » remise en votre nom ; mais vous êtes son ami, » vous avez des talents sublimes, vous les avez employés plus d'une fois à laver l'innocence, je ne » doute pas que vos intentions soient pures, et si » je ne réponds pas du succès de mes efforts en votre » faveur, je puis au moins vous garantir leur » sincérité. »

Il s'était, en effet, si bien employé à le servir, qu'à la rentrée de l'ancien parlement, la révision de l'arrêt rendu par les gens du roi avait été son œuvre. Aussi, son protégé ne manqua-t-il pas de lui vouer une reconnaissance éternelle, publiant partout l'obligation qu'il lui avait, et glorifiant le jeune prince qui s'entourait avec tant de discernement des vrais amis de la justice.

Mais on n'était jamais plus près d'encourir la haine de Linguet qu'au moment où on en était le plus aimé.

C'était La Harpe qui en avait fait, le premier, la douloureuse expérience. Un jour, il reçoit de lui l'assurance qu'il s'applaudit de l'avoir pour juge, et, le lendemain, à propos d'une critique rien moins que rigoureuse du *Mémoire pour le duc d'Aiguillon*, quelqu'un lui récite cette épigramme toute fraîche :

Monsieur La Harpe, en son *Mercure*,
Blâme le feu de mes écrits :
— Monsieur La Harpe, je vous jure,
D'un défaut de cette nature
Vous ne serez jamais repris ;
Et s'il me vient, un jour, l'envie
D'abandonner ce vilain ton,
Pour bien refroidir mon génie,
J'étudierai *Timoléon*,
Warwick, *Gustave* et *Mélanie*.

Quand le comte de Vergennes, obsédé des plaintes que soulevait le *Journal de politique et de littérature*, eut satisfait aux vives sollicitations de l'Académie en ordonnant à Panckouke de choisir un autre rédacteur, il devint aux yeux de Linguet un ennemi déclaré; et celui-ci, qui avait fait son éloge, l'accusa hautement avant son départ.

Les gazettes étaient pleines de lui. Il entretenait, par des lettres publiées en Allemagne et en Angleterre, la curiosité publique toujours prête à le suivre. On savait quelles menaces il avait adressées aux ministres en quittant la France, et combien ce transfuge serait plus redoutable qu'un Pelleport ou qu'un Morande.

Ceux qu'il nommait ses persécuteurs n'ignoraient pas que sa nature hautaine était aussi éloignée de la vénalité qu'inaccessible à la modération ; rien ne pouvait les préserver de ses représailles.

De son côté, Linguet, s'il fut d'abord fier d'être craint, ne tarda pas à trembler pour sa liberté, et tant que la mer ne le sépara pas de ses puissants adversaires, crut ses jours en péril. Il traversa donc le détroit en Mars 1777, et demanda à l'Angleterre le bénéfice de ce droit d'asile qui créa autrefois le premier peuple du monde, et en honore aujourd'hui le plus audacieux.

Son premier soin, en arrivant à Londres, fut d'assurer l'ambassadeur français de son amour inaltérable pour la patrie et pour le roi; — le second fut d'écrire au comte de Vergennes cette lettre insolente qui n'est pas seulement un libelle, mais une mauvaise action. Tantôt récit, tantôt apostrophe, elle emprunte à l'art oratoire, pour le service d'un ressentiment injuste, tout ce qu'il peut donner de fiel et d'amertume. — Le comte de Vergennes avait applaudi, encouragé, secouru Linguet dans un moment difficile; à propos du *Journal de politique*, son intervention avait été d'abord modératrice; sans doute même, s'il avait eu affaire à un homme moins ombrageux, eût-elle été conciliante; le duc d'Aiguillon avait pu négliger son ancien défenseur; le garde-des-sceaux avait pu se montrer sottement sévère en interdisant la réimpression de ses ouvrages; le duc de Duras, en sollicitant son exclusion de la feuille Panckouke, avait peut-être outrepassé la mission qu'il tenait de l'Académie; certainement, Linguet se plaignait avec quelque raison, mais de là à l'inflexible fureur qui gronde dans la *Lettre au comte de Vergennes*, il y a la distance du reproche à l'outrage.

Qu'on me permette d'en citer une page, une seule. Un sermon a fait la réputation du père Bridaine; qu'on me dise si les quelques lignes qui vont suivre ne sont pas un monument d'éloquence et d'énergie plus digne, par sa forme, de signaler un orateur.

« ....Maintenant, écoutez-moi, monsieur le comte, » et daignez m'apprécier; je vais vous dire des » choses qui seront neuves peut-être pour vous et » pour tous vos confrères ministres, mais qui n'en » sont pas moins vraies. Ce sera une ample matière » à réflexion pour les lecteurs de toutes les classes.

» Vous m'obligez à me donner une existence nou- » velle; si mon cœur s'y refuse, mon esprit n'y est » pas embarrassé. — Dans l'état où se trouve au- » jourd'hui l'Europe, avec du courage et de l'indi- » gnation, je sens à merveille qu'on peut aller très- » loin.

» La balance politique vous échappe, et vos faibles » mains ne la reprendront plus. Le Nord recouvre » partout son ascendant presque oublié depuis plu- » sieurs siècles.

» Dans l'ancien continent, les pertes de la Pologne » enrichissent des puissances qui ne tarderont pas » à faire la loi au Midi. — Au-delà des mers, qu'ar- » rive-t-il? La partie septentrionale de l'autre hémis- » phère se dérobe au joug de ses maîtres, qu'elle » appelle ses tyrans. Ceux-ci réclament leurs droits » avec les ressources que donnent le temps et la » force; de manière ou d'autre, les riches et faibles » possessions des premiers dominateurs de l'Amé- » rique deviendront, avant peu, la proie du vain- » queur ou l'indemnité du vaincu.

» Dans ce choc des deux mondes, dans l'embra- » sement universel qui ne peut manquer d'en être » bientôt l'effet, toutes les carrières sont ouvertes à » un homme qui a les yeux bons et une âme intré- » pide : la voix de la liberté retentit d'un pôle à » l'autre; elle promet la gloire et la fortune à qui

» aura assez de hardiesse et de talents pour les
» saisir. Voilà ce que je distingue clairement. Je
» vois, dès lors, devant moi des ressources innom-
» brables pour mon établissement et ma vengeance.

» Mais vous, ministre du roi, que la Providence
» a fait votre maître et le mien ; vous, comptable à
» lui et à la France de tous les talents qui peuvent
» leur être utiles, osez-vous, dans de pareilles con-
» jonctures, par un pur caprice, ou par une faiblesse
» moins excusable encore, pousser au désespoir,
» réduire à l'exil, un sujet fidèle, innocent, qui n'a
» jamais demandé, qui ne demande encore qu'exa-
» men et justice ?... »

L'effet ne tarda pas à suivre la menace. Deux mois après, le discours préliminaire des *Annales politiques* parut. Il ne s'agissait pas d'une suite à l'abbé de Saint-Pierre, dont la polysynodie se retrouve à quelques égards, cependant, parmi les théories gouvernementales de Linguet : c'était la réalisation d'un projet conçu le jour même où le journal de Panckouke était passé dans les mains de ses ennemis,
« de donner une histoire universelle, impartiale et
» quotidienne, de son siècle avec sa franchise et son
» inflexibilité trop connues... Il ne s'y soumettra
» pas aux répartitions ridicules qui font de chacun
» des objets sur lesquels peut s'exercer l'intelligence
» humaine un terroir isolé où personne ne peut
» avoir d'accès que celui qui en a payé la patente,
» espèce de simonie littéraire moins scandaleuse,
» mais plus avilissante que celle qui met à prix les
» titres ecclésiastiques.... Il n'est jamais permis
» d'attaquer la divinité ni les mœurs... Les particu-
» liers doivent être sacrés, parce qu'ils sont rarement

» à portée de se défendre..., et l'intention des » princes étant presque toujours bonne, il faut tâ- » cher de les éclairer sans risquer de les aigrir. Ces » maximes ont toujours été celles de l'auteur, et il » ne les démentira jamais.

» Après avoir usé ma vie à combattre pour les » opprimés, ajoute-t-il dans la dédicace à Louis XVI, » je suis, à mon tour, victime de l'oppression. Je n'en » conserve pas moins la ferme confiance que Votre » Majesté m'en vengera quand l'obstacle qui empêche » mes plaintes d'arriver jusqu'à elle sera évanoui. » Si ma vie se termine avant que j'aie pu jouir de » cette consolation, j'en appellerai à la postérité, » qui pourra répondre : Après son innocence, » rien ne lui fut plus cher que sa patrie et son » prince. »

Puis, dans un manifeste plein de hauteur, l'annaliste expose la série des évènements qui l'amène en Angleterre, l'entreprise qu'il a conçue et les bases sur lesquelles il prétend l'asseoir. Selon lui, la vérité en matière politique et littéraire n'ayant pas d'asile, il lui en ouvre un dans son journal. Son indépendance, aux questions religieuses près, ressuscitera Bayle, Leclerc et Basnage. — En effet, dans ce même préambule, d'une hardiesse inconcevable, politique, commerce, belles-lettres, sciences, arts, tout est traité avec une liberté d'examen et une sagacité surprenantes. — L'insurrection américaine, premier fruit de la philosophie impatiente, s'y heurte dans une mêlée de reproches contre l'esprit d'envahissement de l'Angleterre ; toutes les parties de l'administration des états de l'Europe y sont mises au creuset ; rien n'échappe à la plume indiscrète du journaliste, pour qui une nouvelle disgrâce sera le signal d'une résurrection nouvelle. — N'a-t-il pas donné cette fière devise à son œuvre : *Uno avulso, non deficit alter ?*

Aussi, de 1777 à 1793, offre-t-il le spectacle, sans exemple jusque là, et depuis, sans imitateur, d'un homme gourmandant tour-à-tour souverains et peuples ; offrant aux uns la médiation de sa plume dans les querelles internationales, aux autres, son influence auprès des cours contre l'oppression des tyrans subalternes ; — alimentant, seul, une imprimerie qu'il promène de rivage en rivage ; — se dérobant, à travers mille dangers, aux séductions et au despotisme qui pourraient enchaîner sa conscience ou sa parole. — S'il est réduit au silence par la privation de sa liberté, il saluera sa délivrance avec un tel éclat que les murs de sa prison crouleront ; si la main du bourreau brûle ses hardies propositions, il les propagera avec un redoublement d'activité, et, après avoir supputé ce que coûtera de têtes le remaniement social, furieux des tardives concessions faites par la monarchie au libéralisme, jettera aux quatre coins de l'Europe les ferments de la subversion prochaine (1).

Il est le chef du journalisme politique, non-seulement parce qu'il a, le premier, donné une publicité périodique aux jugements d'un particulier sur les

(1) De nos jours, ce récit peut paraître un dithyrambe. Mallet du Pan l'a prévu, lorsqu'en 1799, il écrivait : « Il est probable que la » génération nouvelle ignorera jusqu'au nom de Linguet, si populaire, si célèbre, il y a quinze ans à peine, — si prodigieusement » oublié aujourd'hui. » — En effet, le palais a, seul, gardé sa mémoire, et ses ouvrages ont, presque tous, disparu.

affaires de l'Etat, mais parce que nul, jusqu'à ce jour, n'a poussé plus loin que lui, dans ce genre, le franc-parler, le bon-sens et l'éloquence. Qu'étaient ces écrits anonymes, correspondances, mémoires secrets, opuscules obscurs lancés contre certains hommes ou certaines coteries par des mains furtives, à côté d'une feuille signée, à chaque page, d'un seul et même nom, exerçant un contrôle universel, et distribuée deux fois par mois, tant par les contrefacteurs (1) que par les dépositaires, à près de cent mille abonnés?

De nos jours, la polémique est devenue plus savante, plus subtile, plus profonde; mais est-elle encore sans défaut? Ne ressent-elle pas, parfois, comme un mal héréditaire, les violences de Loustalot, de Marat, le cynisme d'Hébert et de Lebois se mêler à ses emportements, et la presse moderne doit-elle oublier son premier athlète?

Peu s'en fallut que la grande entreprise de Linguet ait été tout-à-coup renversée. Sans le dévouement de Lequesne, elle avortait. Le duc d'Aiguillon, ayant reçu de Londres, en Avril 1777, une brochure dans laquelle il était vigoureusement tancé, et dont l'auteur, sans se nommer, se faisait assez connaître, se plaignit au comte de Maurepas, son oncle. Tous les ministres avaient reçu ce libelle avec menace de le voir répandre en France, s'il n'était pas donné satisfaction aux exigences de Linguet. — M. de Sartine dit que la meilleure réponse à faire était d'enlever le libelliste pour le mettre à la Bastille, et son avis fut adopté. Deux exempts de police, Demmery et Des-

(1) On compta, un moment, onze contrefaçons, tant en France qu'en Suisse, en Belgique, en Angleterre, etc.

bruguières, dont on trouve les noms à la tête de toutes les expéditions de ce genre, furent mis en campagne.

Lequesne en fut instruit par M. Levasseur de Verville, dont la famille était alliée à celle du comte de Vergennes, et courut aussitôt chez ce ministre. Celui-ci le renvoya au comte de Maurepas ; mais le duc d'Aiguillon, seul, consentit à l'entendre. « Je » pars, dit-il à ce seigneur, si vous voulez faire sus- » pendre l'exécution de l'ordre de police, et m'engage » à vous rapporter, avec tous les exemplaires qui » existent de l'*Aiguilloniana* (1), la parole formelle de » Linguet qu'il n'en imprimera jamais d'autre. » — Ainsi fut fait ; mais le duc d'Aiguillon exigea que Lequesne conduisît son ami à l'ambassade de France, à Londres, et lui fit souscrire l'engagement en question sous les yeux du duc de Noailles.

Les *Annales* obtinrent, dès leur apparition, un succès qui étonna bien des gens. « C'est une chose » si délicate, écrivait, à ce sujet, Voltaire à Mallet du » Pan, que de vouloir rappeler à une nation ses » intérêts, lorsqu'elle s'est privée elle-même de » tous les moyens de régénération. Je doute que » Xénophon eût osé le tenter chez le jeune Cyrus ; » mais ce qui me donne les plus grandes espérances, » c'est que M. Linguet a les outils universels avec » lesquels on fait tout ce qu'on veut : le courage et » l'éloquence. »

Comme toutes les gazettes, les *Annales* donnaient le bulletin de la guerre américaine. Quand la nouvelle

(1) Il serait bien difficile de trouver ce libelle aujourd'hui. La dernière mention qui en ait été faite date de Lyon, 1816 (*Bulletin de la Librairie*).

des progrès de Washington et de l'échec de Saratoga parvint en Angleterre, une surexcitation douloureuse se manifesta dans tout le royaume ; l'inquiétude fut si vive sur le sort de cette armée et de ces belles possessions qui pour la Grande-Bretagne étaient un gage de prépondérance autant qu'une source de richesses, que le commerce s'arrêta tout-à-coup. Les hésitations de Louis XVI entre la politique de Pitt et l'alliance américaine jetèrent une certaine défaveur sur les réfugiés français. Devérité prétend que lord North menaça alors Linguet de le chasser d'Angleterre. Il n'en fut rien ; ou mieux ce fut le contraire qui arriva : le premier lord de la trésorerie lui donna le plus haut témoignage d'estime et d'égards qu'un homme puisse donner à un autre.

« ... La crainte de la guerre m'absorbe, écrit » Linguet à Lequesne, le 10 Février 1778... Ce » n'est pas que je ne trouve ici des offres pleines de » prévenance... Un des premiers magistrats de ce » pays est venu, hier, me dire qu'il avait appris que » j'étais inquiet de la guerre et incertain si je resterais » ici ; que je ne devais pas penser à quitter, et que, » s'il le fallait, il se porterait caution pour moi ; de » sorte que, si l'on chassait les Français de Londres, » je pouvais être sûr d'y être conservé ; mais, plus » cette faveur aurait d'éclat, moins j'en serais curieux. » Ce ne sont pas les politesses des Anglais que je » désire, c'est à ma patrie que je ne veux pas avoir » l'air d'être opposé, et, décidément, au premier » coup de canon, je pars. »

Quelques jours après, il reçut la visite de Mallet du Pan, avec qui il s'était rencontré à Ferney et dont il encourageait le dévouement à la monarchie ;

Mallet du Pan, qui se glorifiait d'être son élève et son ami. Ce jeune homme lui apportait la table des matières des deux premiers volumes des *Annales ;* travail difficile, dont il s'était religieusement acquitté. Il semble que la société d'un homme de talent avec lequel il sympathisait par ses principes eût dû lui rendre la besogne plus douce et l'exil moins douloureux; mais, comme l'a dit un observateur spirituel (1), les hommes supérieurs savent rarement vivre ensemble; les moutons se rassemblent, mais les lions s'isolent. Les trois semaines que Mallet du Pan passa à Londres suffirent pour indisposer Linguet contre lui. Toutefois, il invita son hôte à aller le voir en Suisse et à s'y installer dans le cas où il quitterait l'Angleterre. Ce que prouve la lettre suivante :

« 3 Avril 1778. — Ah ! mon cher Lequesne, que je » suis triste ! M. Mallet du Pan part d'ici. Il me » laisse désolé. Ma destinée est bien cruelle ! Dans » ma vie, je n'ai à me reprocher d'avoir désobligé » personne. Au contraire, j'ai toujours fait du bien » tant que j'ai pu. Celui-là a toujours été un des » principaux objets de ma bienveillance. Je ne l'ai » d'abord connu que par ses écrits et ses lettres, » assez mauvaise manière de connaître les gens. Son » travail est nul; lui-même est bas, paresseux, etc. » J'hésite à aller vivre dans son pays, où il m'attend... » J'y vais cependant. Je n'ai réussi qu'une fois en » amis : vous le voyez, c'est le jour où je vous ai » connu. »

On venait d'apprendre que la France reconnaissait l'insurrection américaine (par le traité du 6 Février

(1) Rivarol.

1778), et Linguet quittait l'Angleterre, en quête d'une résidence où il pût, sans scrupules, parler de cet événement et de ses suites.

Toutefois, avant d'arrêter son choix sur Genève, il avait fait sonder le comte de Vergennes, qui aurait fort bien pu se ressouvenir de la lettre où on l'avait si violemment menacé, et inquiéter l'établissement de son agresseur dans une contrée voisine. Mais Lequesne, chargé de cette négociation, l'avait conduite avec assez de bonheur pour décider le comte de Vergennes à écrire ces propres mots à Linguet : « Je vous annonce tant de la part de M. le comte de » Maurepas que de la mienne, une sûreté entière » pour votre personne dans le nouveau domicile que » vous vous proposez de prendre. Je vous en donne » bien volontiers l'assurance et celle de vous laisser » maître de vos actions, persuadé que la religion, le » roi ni l'Etat ne seront attaqués dans vos écrits... » 23 Avril 1778.

Bien plus, Lequesne avait obtenu et ménagé une entrevue à Chantilly entre le ministre et son détracteur.

Aussi, quand Linguet, après avoir éprouvé à Soleure, à Berne et à Genève, des obstacles à son installation, revint à Bruxelles, il écrivit à son ami ces lignes qui peignent le repentir d'un cœur où la raison n'a pas moins d'autorité que le sentiment : « Bruxelles, 22 » Juillet 1778. — Le silence que vous m'imposez à » l'égard du ministre est une chose impossible. La » plupart des hommes sont lâches..... Quant à moi, » ma réconciliation ne me fera pas changer de ton sur » le passé, mais je ne me tairai pas sur les bienfaits » dont je suis l'objet, pas plus que je n'ai mis de » tempérament dans l'âcreté de mes plaintes. »

Le succès des *Annales* allait toujours grandissant : grâce à la protection du comte de Vergennes, elles circulaient gratuitement en France par la poste, dont le directeur, le baron d'Ogny, remettait au roi un exemplaire de chaque numéro.

Lequesne en était le distributeur à Paris. Il faut lire sa correspondance pour avoir une idée des embarras de toute nature que cette besogne lui suscitait. Outre le service d'une comptabilité très-étendue que les soins de son commerce rendaient plus pénible, il lui fallait accueillir les réclamations des mécontents, répondre aux provocations de ceux plus exigeants qui, froissés par le journaliste dans leurs intérêts ou dans leur dignité, lui demandaient raison des écarts de son ami. C'étaient des plaintes continuelles, des menaces, des injures pour lesquelles il fallut bien souvent mettre l'épée à la main ou avoir recours à l'autorité. Grimm raconte une de ces altercations dont d'Eprémesnil, encore sur le seuil de l'arène politique, est le héros (1).

Encore si Linguet avait su reconnaître un pareil dévouement ! Mais, loin d'en apprécier le mérite, après quelques protestations de gratitude, il se plaignait amèrement, à chaque courrier, qu'on négligeât ses affaires. A la fin de 1778, notamment, il réclama, avec une insistance blessante, un compte général. — C'était en Décembre, au moment où l'association entre Levasseur de Verville et Lequesne allait se dissoudre. — Celui-ci, absorbé par le travail d'une liquidation considérable, ne put répondre assez vite aux exigences de son ami, et la mésintel-

(1) V. également les *Annales*, t. IX, le n° du 5 Août 1780.

ligence se glissa entre eux. Linguet s'imagina d'attribuer le silence de Lequesne à une gestion infidèle, et accourut à Paris, en Février 1779, ayant en poche un libelle contre lui. — Là tout s'éclaircit ; il choisit lui-même des arbitres pour fixer leur balance commerciale, et le résultat du compte établit Linguet débiteur de 34,212 livres envers son mandataire (1).

Cette petite leçon donnée à sa vivacité le rendit plus circonspect. Il tint, à dater de ce jour, un état si exact de ses rapports pécuniaires avec Lequesne, qu'il lui écrivait, le 14 Août 1780 :

« Vous m'envoyez toujours de l'argent que je ne » vous demande pas, de sorte que je suis toujours » redevable envers vous. Vous êtes un bien étrange » ami, qui voulez me faire périr d'angoisses et d'in- » quiétudes en m'engageant dans des obligations » dont je ne puis voir l'issue. »

Sa maison, à Waerbeck, près Bruxelles, était le rendez-vous d'une société choisie ; il menait un train convenable et jouissait de la considération qui accompagne toujours une fortune due au travail (2). Mais l'âge venait, et, avec lui, le regret de n'avoir pas assuré, par un lien légitime, le repos du cœur dont il commençait à éprouver l'impérieux besoin. Sa compagne le quitta un moment. — Alors il sentit mieux sa solitude, et devint en proie à la méfiance

(1) *Mémoire pour Pierre Lequesne, march. d'étoffes de soye*, par Cahier de Gerville. — Paris, Janvier 1787. Collection Gaultier de Breuil. Mémoires anciens. Biblioth. des Avocats, à Paris.

(2) Il recevait une rente viagère du comte de Morangiès et de la comtesse de Béthune, outre les bénéfices de son entreprise littéraire.

et à la misanthropie, en reconnaissant qu'il lui était impossible de rompre des nœuds désavoués par la justice et par la religion.

Les fatigues meurtrières de son œuvre furent bientôt compliquées d'agitations domestiques, de menaces étrangères, qui le rendirent sauvage et fantasque comme Rousseau à Motiers. — Ses lettres sont toutes empreintes de cette situation si parfaitement décrite par Sénèque (1), si inhumainement raillée par Grimm (2). — Une sobriété d'anachorète, un travail de jour et de nuit, une fièvre dévorante sans cesse rallumée par les entraves que lui suscitait le ministère, compromirent gravement sa vie.

Ce fut dans ce moment que les *Annales* rendirent compte du procès intenté par le duc de Duras au comte Desgrée-Dulou.

Il ressortit des débats, qui eurent lieu à Rennes, que le commandant de Bretagne avait donné à Desgrée-Dulou 1,500 livres pour trahir, aux Etats, les intérêts de la province. Linguet, en reproduisant (3) l'arrêt du parlement du 28 Février 1780, qui ordonnait la suppression de l'affaire et des pièces consignées au greffe, ajoutait :

> De semblables arrêts l'effet le plus commun
> Est de perdre d'honneur deux hommes, au lieu d'un.

Le duc de Duras, qui avait été, en 1776, le promoteur de son exclusion de la feuille Panckouke, fut

(1) *De Clementia*, XIX : Tantum enim necesse est ut timeat quantum timeri voluit, etc....

(2) Juillet 1780, *Correspondance*.

(3) *Annales*, t. VII, p. 56 et 59 ; t. VIII, p. 157. Les nos 59 et [illegible] Mars 1780) furent arrêtés à la poste.

sensible à cette vengeance. Il lui écrivit, de sa main, qu'à la première saillie, il le ferait bâtonner. La réponse de Linguet, aussi impertinente que laconique (1), motiva la lettre de cachet du 18 Avril, en vertu de laquelle il fut mis à la Bastille cinq mois après.

Cette lettre de cachet resta secrète. Les amis de Linguet en ignoraient l'existence, quand celui-ci, relevant de maladie, vint incognito à Paris prendre quelque distraction et mettre ordre à ses affaires.

Il y était depuis huit jours à peine, lorsqu'on l'arrêta à l'entrée du faubourg Saint-Antoine, allant, avec Lequesne, dîner à la campagne. Cette circonstance qu'il était dans la voiture de Lequesne, entouré de ses gens, qu'il se rendait à Saint-Mandé, chez Lequesne et sur son invitation, lui a fait penser que son ami l'avait trahi.

La vérité est que Lequesne ignorait l'ordre d'arrestation, et ses larmes, son désespoir témoignèrent assez de son innocence....

Voici comment les choses s'étaient passées : Linguet, étant descendu rue du Carrousel, à l'hôtel du Roi, sous le nom de M. Caumont, avait fait demander par Lequesne une audience au comte de Vergennes. Celui-ci l'avait accordée et s'était empressé de signaler au lieutenant de police Lenoir la présence de Linguet à Paris.

L'amitié aussi loyale que débonnaire de Lequesne ne pouvait être mise en doute. C'était malgré ses conseils que Linguet était venu à Paris : « Votre santé, » lui écrivait-il dans les derniers jours d'Août, ne » vous permet peut-être pas ce voyage ; consultez

(1) Grimm la rapporte. (*Correspondance*, Juillet 1780.)

» bien vos forces avant de l'entreprendre ; vous ne
» pouvez compter sur l'arrière-saison... Tout vous
» invite à rester à Waerbeck, même mon cœur, que
» le plaisir de vous embrasser fait battre en ce mo-
» ment. »

Ce fut le 27 Septembre que Linguet entra à la Bastille. Il y fut conduit par le commissaire du quartier Saint-Antoine *Chesnon* et l'exempt *Demmery*. — A l'interrogatoire par lequel on préludait à toute incarcération, sa lettre du 7 Avril au duc de Duras lui fut représentée : il la reconnut.

Il nous a raconté lui-même, dans un petit ouvrage bien précieux pour l'histoire de la Bastille, toutes les circonstances de sa détention. La seule chose qu'il ait négligée, ç'a été de rendre justice à l'abnégation, à la sollicitude, à l'attachement fraternel dont Lequesne lui donna mille gages. — Voyage à Bruxelles, difficultés de toute nature pour arracher sa fortune et ses papiers aux mains chargées par la police de Paris de les enlever, requêtes, sollicitations qu'aucun refus ne lassait, rien ne lui coûta. Si le lieutenant de police lui-même n'avait assuré le prisonnier que c'était du comte de Vergennes qu'il avait appris sa présence à Paris, si le comte de Vergennes n'avait, à son tour, disculpé hautement Lequesne de l'accusation dont il fut l'objet, tant de dévouement l'aurait démentie.

Linguet mit, sans plus tarder, tout en œuvre pour sa délivrance. En Octobre 1781, il se crut un moment bien près de l'obtenir. Les canons de la Bastille lui annoncèrent un de ces événements qui ont toujours été, dans notre pays, un prétexte à la clémence du souverain (1). Il ne laissa pas échapper l'occasion, et *pria* Lequesne de *faire parvenir au roi quelques vers en forme de supplique,* dont il espérait le plus heureux résultat. Cette requête resta sans réponse. Peut-être la princesse de Chimay et le prince d'Hennin, qui s'en étaient chargés, ne l'ont-ils pas donnée à Louis XVI. Toujours est-il qu'il fallut se tourner d'un autre côté.

Les recherches de Hooke et d'Hoffmann sur la transmission des signaux avaient mis en campagne bien des esprits pratiques ; le gouvernement encourageait leurs efforts, mais toutes leurs combinaisons échouaient à l'expérience. Linguet employa les loisirs de sa captivité à étudier cette matière, et trouva un procédé de télégraphie lumineuse sur lequel il adressa au ministre de la marine un mémoire qui parut digne d'attention. « Voyez, voyez le ministre, écrivait-il à » Lequesne à ce sujet, le 20 Février 1782 ; soyez » assidu, montrez-vous tous les jours... Soyez sûr » que j'apprécie tout ce que ceci vous cause de tourments, mais croyez bien aussi que la sensibilité » qu'excite en moi votre attachement est de tous les » instants... »

Lequesne avait obtenu du ministre que Linguet serait rendu à la liberté si son invention réussissait, et il avait offert de prendre sa place pendant la durée des expériences. « Si le préliminaire de sortir pour » éprouver souffrait encore des difficultés, lui disait » alors le prisonnier, n'insistez plus ; car, enfin, » pourvu que je vous voie, afin de convenir des ma-

(1) La naissance du dauphin Louis-Joseph-Xavier, le 22 Octobre 1781, mort au château de Meudon, le 4 Juin 1789.

» tériaux et nous concerter sur l'usage, nous pour-
» rions, à toute force, essayer, moi étant ici, vous
» à un point convenu. Sans doute il s'en trouvera
» aux environs de Paris, à la distance donnée d'où
» l'on découvre cet enfer-ci ; mais il faudrait avoir
» bien l'assurance qu'au moment du succès, les fers
» tomberont. »

« J'aurais mieux aimé devoir ma résurrection à
» la justice, au nom de laquelle j'ai toujours parlé,
» qu'à une idée due au hasard... Au milieu de mes
» craintes, une chose me tranquillise, c'est que
» vous êtes infatigable, et que votre zèle s'anime
» par les difficultés. »

« Vous avez pris une si grande part à mon in-
» fortune, que le plaisir que vous avez d'en voir la
» fin fait déjà une grande partie du mien.... Insis-
» tez sur la certitude de ma découverte... Vous vous
» êtes rendu caution de la possibilité de la chose et
» du succès, ce n'est pas tout ; assurez les ministres
» que mon premier soin sera de les remercier, le
» second de les convaincre (1).... Agissez auprès de
» M. Amelot pour accélérer ma délivrance. »

Le 18 Mai 1782, sa mise en liberté lui est notifiée, avec injonction de se retirer à Rethel-Mazarin. — Accompagné de Lequesne, qu'il nomme son Pylade, son sauveur, il court remercier les protecteurs dont le zèle a fait tomber ses fers, et quitte Paris le 29 Juin, avec son frère, Linguet-Deshalliers. Mais ce n'est pas à Rethel qu'il s'arrête, ni même en Belgique, c'est à Londres.

(1) Le système ne put être adopté. Il n'était applicable que dans certaines conditions atmosphériques et fut jugé fort dispendieux.

Là, il retrouve sa compagne, dont le caractère et la moralité avaient été, quelques années auparavant, une source de mésintelligence entre MM. de Salpervick, Douville, et lui. Elle l'aigrit contre Lequesne et trouve moyen de le détacher même de son frère, comme elle le brouillera, dans la suite, avec Brissot.

Linguet-Deshalliers revient alors à Paris préparer l'ancien distributeur des *Annales* au coup qui le menace, et déplorer avec lui la faiblesse malheureuse qui les sacrifie tous deux.

En effet, les *Annales* reparaissent en Février 1783 (1). L'avis aux souscripteurs (de Janvier) qui les précède contient la révocation de Lequesne dans des termes si blessants, qu'ils en doublent l'injustice.

Lorsque ce libelle parvient à Paris, cent voix s'élèvent pour le flétrir. Les ministres, que Lequesne a fatigués de ses obsessions en faveur de son ami, publient son trop sincère dévouement; l'indignation générale se traduit dans toutes les gazettes, tandis que l'excellent homme, ulcéré de l'ingratitude dont il est l'objet, trouve à peine, au milieu des témoignages de sympathie qui l'entourent, quelques mots pour blâmer son agresseur.

Ainsi finit une liaison de quinze années, dont les beaux jours furent payés de tant d'orages (2) !

(1) Elles désavouent les feuilles que le pasteur genevois Briatte et Mallet du Pan ont publiées en 1781 et 1782 sous le titre d'*Annales politiques*. — Voir t. IX, p. 249, n° 72, édit. de Lausanne.

(2) En 1793, Linguet et Lequesne se rencontrèrent à la table de l'ancien procureur Moynat, leur ami commun. L'auteur des *Annales*, revenu de ses injustes préventions, embrassa en pleurant l'homme qu'il avait si odieusement calomnié; mais les préoccupations fiévreuses du moment ne leur permirent pas de se revoir.

Dans son testament olographe daté de l'année précédente,

Au moment où Brissot apprit le retour de Linguet en Angleterre, il courut se jeter dans ses bras; Camille Desmoulins lui adressa une épître chaleu-

Lequesne (il mourut en 1799) s'exprime ainsi sur ses rapports avec Linguet :.... « Je déclare en finissant, et pour assurer d'autant la
» tranquillité de ceux que je laisse après moy, que loin de rien
» devoir à M. Linguet, je le crois, au contraire, mon redevable
» d'environ cent pistoles pour une erreur qui se trouve dans le
» solde de compte que je luy ai payé le 3 Mars 1780, luy ayant
» compté, à cette époque, 4,410$^{l.}$ 13^{s} 8$^{d.}$, au lieu de 3,418$^{l.}$ 13$^{s.}$ 8$^{d.}$
» que je devais luy payer, de laquelle somme de 4,410$^{l.}$ 13$^{s.}$ 8$^{d.}$
» il m'a donné quittance; laquelle erreur je ne luy impute point,
» parce que c'est moy qui l'ai faite dans l'addition du compte quit-
» tancé où elle subsiste encore, ayant oublié de la faire comprendre
» dans notre dernier arresté et solde de compte fait double que je
» luy ai payé. Je n'ai d'ailleurs autre chose à luy qu'une collec-
» tion de feuilles de ses n^{os} ou de ses œuvres que j'ai retirée, en
» 1783, des magasins que j'avais loués chez M. Boulanger, que
» M. son frère Linguet-Deshalliers avait laissée dans le d. maga-
» sin avec des feuilles d'adresses des souscripteurs, et un conduc-
» teur électrique en cuivre, après avoir retiré toutes les collections
» complètes des *Annales*, qu'il a vendues à un épicier dans le mar-
» ché aux Poirées, et pour lequel loyer j'ai payé à M. Boulanger,
» le 14 Janvier 1783, la somme de 180^{l} qui me sont légalement
» dues depuis notre dernier arresté et solde. J'engage ma légataire
» universelle à rendre cette collection de volumes, de feuilles d'a-
» dresses et le conducteur électrique à M. Linguet, à sa première
» réquisition, et de s'en rapporter à ce qu'il voudra faire relative-
» ment au d. loyer et à l'erreur que j'ai faite. — Je prends en
» outre l'Etre-Suprême, seul confident de ce que j'écris en ce
» moment, à témoin que je n'ai d'autre reproche à me faire rela-
» tivement à mon dit sieur Linguet, que d'avoir, pendant plus de
» 4 ans, fait des sacrifices d'argent pour des dépenses que je ne luy
» ai jamais comptées, négligé mes affaires pour mieux faire les
» siennes; que j'ai toujours été pour luy l'ami le plus loyal et le
» plus zélé; que je ne puis encore me défendre d'un sentiment
» d'attendrissement envers luy, et que mon dernier vœu sera
» qu'il puisse se pardonner aussi librement que je luy pardonne
» les procédés inouïs dont il s'est plu à payer mes services et mon
» attachement..... Mercredi 5 Décembre 1792. »

'euse (1) ; tous les jeunes esprits s'enrôlèrent sous son drapeau, prêts à prendre les devants le jour où le tumulte politique aurait donné quelque issue à leur ambition.

Déjà, le futur promoteur de la déchéance de Louis XVI avait publié un opuscule « pour servir de » premier chapitre à la *Théorie des Lois* de Linguet. » — Il y reprochait à l'auteur de n'avoir pas tiré les ineptes conséquences que l'origine de la propriété a inspirées aux utopistes, et, prenant pour modèle Straton, Collins, Lamettrie, poussait leur erreur jusqu'au délire. — Selon lui, la nature n'admet aucune propriété exclusive ; une seule loi la régit, le besoin. — « C'est en vertu de cette propriété que ce malheu-

Les amis de Linguet, eux-mêmes, dans des lettres qui existent encore aujourd'hui, ont rendu justice à l'humeur débonnaire de Lequesne, à cette longue et publique probité dont le souvenir n'est pas sans prix pour les siens.

(1) Elle se termine ainsi :

.... M. Lerond peut à sa fantaisie
Distribuer la palme des neuf sœurs,
Linguet rehaussera la robe des vainqueurs
D'une légère broderie ;
Et vous, si, par ses longs malheurs,
Votre haine s'est assouvie,
Vous, ses lâches persécuteurs,
Tremblez qu'en traits de feu, sur vos fronts imposteurs,
Sa main n'imprime un sceau d'ignominie.
Ne pensez pas que la douleur
Absorbant son âme flétrie,
Il ne retrouve plus ses traits pleins de chaleur,
Ses élans et son énergie.
Par la disgrâce il n'est point abattu :
C'est que la fortune ennemie
Est le creuset de la vertu,
Et donne la trempe au génie.

» reux affamé peut emporter, dévorer le pain qui » est à lui, puisqu'il a faim... La faim, voilà son » titre... Citoyens dépravés, montrez un titre plus » puissant! — Vous l'avez acheté? payé? — Mal» heureux, qui avait le droit de vous le vendre (1)? »

Linguet avait répudié ces extravagances et modéré les élans du jeune réformateur, qui, toujours fidèle aux mêmes principes, devait faire conférer plus tard à Bentham le titre de citoyen français. Mais la Révolution naissante s'était groupée autour de lui et s'aguerrissait sous son commandement. — Ainsi, en réponse aux *Mémoires de la Bastille*, qui forment les trois premières livraisons des *Annales*, à leur réapparition, parut, dans la même année, l'*Apologie de la Bastille*, petit ouvrage dans lequel les lois fiscales sont honnies, Montesquieu est censuré avec acrimonie, et le gouvernement monarchique conspué. On sent, à la lecture de cette diatribe, de quelle impatience frémit la main qui l'a écrite (2).

Les *Mémoires sur la Bastille* sont, nous l'avons dit plus haut, le plus précieux élément qui existe pour l'histoire de cette prison d'Etat. Outre leur mérite historique, ils ont un intérêt très-vif aux yeux de quiconque aime à étudier, dans les ouvrages d'un écrivain, sa personne même. Aucune des productions de Linguet ne contient plus d'intimes détails et ne

(1) *Recherches philosophiques sur le droit de propriété considéré dans la nature*, par un jeune philosophe (pour servir de premier chapitre à la *Théorie des Lois* de M. Linguet). 1780, in-8° (section IV, p. 106.)

(2) *Apologie de la Bastille*, pour servir de réponse aux *Mémoires* de M. Linguet, par un homme en pleine campagne, in-8°. Philadelphie, 1784. (Barbier l'attribue à Servan.)

trahit ses penchants plus que celle-là. Caractère, opinions, style, on l'y retrouve tout entier. A côté d'une plainte personnelle, est une idée généreuse, un vœu philanthropique; près d'une spirituelle raillerie, une prière au nom de l'humanité. Les premières lignes en offrent l'exemple :

« Je suis en Angleterre : il faut prouver que je n'ai
» pas pu me dispenser d'y revenir. — Je ne suis
» plus à la Bastille : il faut prouver que je n'ai jamais
» mérité d'y être.

» Il faut faire plus : il faut démontrer que jamais
» personne ne l'a mérité ; les innocents, parce qu'ils
» sont innocents; les coupables, parce qu'ils sont
» plongés *sans jugement* dans une prison dont le
» régime aussi honteux que cruel répugne également
» à tous les principes de la justice et de l'humanité,
» aux mœurs de la nation, à la douceur qui carac-
» térise la maison royale de France, et surtout à la
» bonté, à l'équité du souverain qui en occupe au-
» jourd'hui le trône. »

L'administration intérieure de la Bastille n'a plus pour nous de mystères après la lecture des mémoires de Linguet. — Il a su mêler ces tristes détails d'épisodes qui les égaient, par la manière dont ils sont racontés, sinon par leur nature. Ainsi, les petites manœuvres envahissantes du gouverneur de Launay, la confiscation du jardin, puis des plates-formes accordés d'abord aux prisonniers ; les scrupules de Madame de Launay allant au bain, sont autant d'occasions pour le narrateur de couper gracieusement son récit. Les notes qui accompagnent l'ouvrage sont pleines de renseignements curieux qui doublent son prix.

Il fut suivi d'une recherche scientifique sur la part que pourrait avoir la lumière au mouvement des corps célestes, fruit de la captivité de l'auteur, idée ingénieuse, rien de plus, qui doit se perdre avec les plans de télégraphie (1). — Mais de nouvelles productions, de la même époque, nous appellent sur un théâtre tout différent.

Un évènement, d'une gravité médiocre en apparence, se répandait alors en Europe avec des commentaires propres à en accroître rapidement les proportions : — Un brigantin belge ayant tenté de violer la fermeture de l'Escaut stipulée dans le traité de Munster entre Philippe IV et les Provinces-Unies, le stationnaire hollandais avait, d'un coup de canon, emporté le pavillon autrichien. On s'attendait, depuis longtemps, à une rupture ; ce fait la détermina.

Bientôt Joseph II répondait à cet outrage par l'envoi de 40,000 hommes, et sollicitait en même temps l'alliance française contre la République. — De leur côté, les Etats généraux publiaient un manifeste contenant l'exposé de leurs droits, et faisaient appel à l'Angleterre. Une guerre menaçait donc toute l'Europe occidentale déjà engagée, sur l'autre continent, dans la grande lutte de l'indépendance.

Linguet, embrassant le parti de l'Autriche, s'appliqua à en soutenir les prétentions de toute sa force, « sans autre mission, que celle que peuvent donner » un cœur sensible et une raison exempte de pré- » jugés. » Voilà, s'il faut l'en croire, la source des *Considérations sur l'ouverture de l'Escaut* (1784) (2).

(1) *Réflexions sur la lumière*, p. M. Linguet. Londres, 1784, in-8°.

(2) L'année suivante, ce travail fut complété par une *Suite des Considérations sur l'ouverture de l'Escaut*, par S.-N.-H. Linguet. Londres, 1785.

De profondes recherches sur un terrain politique inexploré, une adresse surprenante à tourner contre les adversaires de l'empereur les clauses mêmes des conventions qu'ils invoquent, des tableaux très-nourris des incursions et rapines hollandaises, enfin la peinture habile des avantages que devait procurer au commerce universel l'ouverture de l'Escaut, donnent une valeur sérieuse à cet écrit.

Joseph II y fut sensible; ses ministres complimentèrent l'auteur en son nom et l'appelèrent à Vienne. — Linguet se rendit à cette invitation en Janvier 1786.

La guerre venait d'aboutir à un traité (1) glorieux pour l'Autriche, moyennant la coopération généreuse de son alliée. — L'empereur était tout enivré de ce succès; il conféra des lettres de noblesse à l'écrivain qui l'avait si spontanément servi (2), l'admit à sa cour, et l'introduisit même dans le conseil d'Etat où s'agitaient, en ce moment, des questions d'organisation judiciaire.

Marie-Antoinette, en qui revivaient la virilité d'âme de sa mère et un certain penchant à favoriser l'audace, avait encouragé hautement l'auteur des *Annales* avant son incarcération, et, en 1782, obtenu son élargissement. — Mais elle n'avait pu fléchir la fermeté du roi sur un point: la réclamation constante

(1) Celui du 8 Novembre 1785, par lequel les Provinces-Unies (art. 15, 16 et 17) payaient à l'empereur 5 millions et demi de florins, et la France, 4,500,000. — On a diversement jugé la conduite du comte de Vergennes dans cette affaire. M. de Ségur, seul, l'approuve entièrement. (*Politique des Cabinets*, 3e vol.)

(2) Les lettres de noblesse de Linguet portent : « A cause de la » considération que notre cher et bien-aimé Linguet s'est acquise » tant par ses différentes productions littéraires que dans l'exer- » cice de la profession d'avocat... »

de Linguet contre l'ingratitude du duc d'Aiguillon, Louis XVI ayant toujours objecté qu'une poursuite judiciaire de cette nature serait à la fois un scandale et un dangereux précédent.

Linguet confia au frère les espérances qu'il avait fondées en vain sur la sœur; il rappela à Joseph II combien la politique du duc d'Aiguillon avait été hostile à l'Autriche, l'intéressa à ses griefs, et obtint qu'il se chargeât de la négociation.

Un mois après, grâce à cette puissante intervention, l'accès des tribunaux français lui était ouvert, et il assignait son ancien client en paiement d'honoraires devant la grand'chambre du parlement de Paris.

Ce procès renouvela, comme on s'y attendait, les désordres qui avaient accompagné l'affaire Morangiès. La circonstance piquante de revoir, après onze ans de retraite, Linguet plaidant, en habit de ville, sa propre cause contre son ancien client; la notoriété de l'auguste influence dont il abritait sa hardiesse; l'attrait bien naturel pour les jeunes avocats d'entendre un confrère signalé à leur circonspection comme un exemple d'impudence et d'égarement, tout concourait à donner aux audiences l'éclat d'une solennité.

La grand'chambre ne put contenir la foule qui l'assiégea dès le premier jour; les portes dûrent rester entièrement ouvertes. A l'intérieur, la galerie supérieure, qu'on nommait *la lanterne,* était garnie des plus riches toilettes. Auprès des dames d'honneur de la reine, qui ne cachaient pas leur enthousiasme pour Linguet, se pressait la famille du duc d'Aiguillon, applaudissant l'avocat de Laulne chargé de le défendre.

Cet avocat, d'un talent très-médiocre, eut à essuyer les sarcasmes de son ancien confrère, dont il avait autrefois voté la radiation avec empressement, craignant alors de le voir obtenir une place qu'il convoitait lui-même, celle d'avocat de la pairie.

Déjà plusieurs audiences s'étaient succédé, dans lesquelles la verve de Linguet lui avait valu de brillantes ovations, lorsque, le 6 Septembre, un accident vint en interrompre le cours. — Pour prévenir les embarras d'une irruption trop tumultueuse, on avait placé une sentinelle à la porte de la salle. Quand cette porte fut ouverte, le soldat chargé de contenir la foule heurta violemment Linguet avec la crosse de son fusil, en l'inclinant pour modérer l'envahissement. Le coup fut si malheureux, qu'on craignit pour la vie du blessé.

Les plaidoiries furent, en conséquence, suspendues jusqu'au rétablissement de Linguet, qui profita de ce délai pour publier un long mémoire dans lequel on trouvera résumées toutes les récriminations dont il avait fatigué son adversaire (1).

Pour établir que le duc d'Aiguillon lui est redevable, il y rappelle qu'en 1775, le comte de Maurepas lui a offert 2,000 livres de rente s'il consentait à se désister de sa réclamation contre son neveu; il ajoute qu'il a répudié énergiquement cette offre, parce que le négociateur y joignait pour condition que l'avocat ferait à son ancien client la dédicace de ses œuvres, dont il était sur le point d'éditer la collection.

L'affaire fut reprise en Février 1786, avec autant

(1) *Mémoire au roi pour M. Linguet, concernant ses réclamations actuellement pendantes au parlement de Paris.* Londres, Spilsbury, 1786, in-8°.

d'affluence qu'auparavant, et le 10 Mars, intervint l'arrêt qui condamnait le duc d'Aiguillon à payer 25,000 livres à son infatigable ennemi (1).

Linguet fut moins heureux contre Panckouke et Lequesne, dont il se prétendait créancier pour divers comptes vérifiés depuis judiciairement. C'était *Cahier de Gerville*, alors triste avocat et qui devint sous la Révolution un triste ministre, que Lequesne avait chargé de sa défense. Le mémoire qu'il rédigea à cette occasion jette une grande lumière sur les rapports de l'auteur des *Annales* avec son représentant à Paris (2).

On voit avec peine l'homme qui a débuté dans la vie par la défense de Labarre, en ternir le déclin par des démarches sans dignité. Mais, s'il est mal conseillé par son dépit, si le goût qu'il témoigne pour la vengeance et l'éclat peut être imputé à son naturel, il faut attribuer, cependant, la plus grande part de ses torts aux incitations de la femme qui, selon Devérité et Brissot, exerçait dans son cœur un empire malfaisant.

Les premiers mois de 1787 sont marqués par la plus vive agitation qu'aient jamais éprouvées les affaires publiques en France; agitation semblable à celle qui se produit sur un navire quand il vient de toucher un écueil. A aucune époque, les conflits de pouvoirs n'ont été si fréquents. — L'assemblée des Notables, à peine réunie, venait d'exiger la retraite

(1) *Plaidoyer pour S.-N.-H. Linguet, écuyer, ancien avocat au parlement de Paris, prononcé par lui-même en la grand'chambre,* contre le duc d'Aiguillon, pair de France, ancien commandant de Bretagne. Londres et Bruxelles, Lemaire, 1787, in-8°.

(2) *Mémoire judiciaire pour P. Lequesne, contre le sieur Linguet*, 1787, in-folio. (T. 27 de la collection Gaultier de Breuil. Mémoires anciens. — Bibliothèque des Avocats, à Paris.)

de Calonne; elle acceptait les réformes proposées par le cardinal de Brienne; — mais il fallait compter avec le parlement, dont la résistance, tantôt motivée, tantôt capricieuse, chargeait gravement l'avenir. Déjà les ordonnances sur les corvées, le commerce des grains et les assemblées provinciales, avaient été admises sans trop d'opposition, quand les édits du timbre et de la subvention territoriale parurent. —

Alors un fait étrange se produisit : l'opinion populaire, naturellement hostile aux privilégiés, appuya le refus des magistrats de toucher aux priviléges. — Il semble que la Cour aurait dû discerner la portée de ce mouvement; seule, au contraire, elle la méconnut. — Elle laissa le parlement déclarer son incompétence, puis lui enjoignit, dans un lit de justice, d'enregistrer les impôts qu'il répudiait.

Le lendemain, les magistrats se réunissent pour annuler l'enregistrement, comme obtenu par contrainte; une rigueur tardive et éphémère les exile à Chartres.

A leur retour, le roi, devenu plus exigeant, présente inopinément l'édit en faveur des protestants et celui des emprunts, dont il prévoit le rejet, et en ordonne l'enregistrement, séance tenante. Le duc d'Orléans s'étant levé pour protester, un ordre souverain le relègue immédiatement à Villers-Cotterêts, et deux conseillers, fauteurs de l'opposition, sont mis à la Bastille.

D'un autre côté, combattu par l'influence parlementaire, Brienne ne peut trouver les deux cent quarante millions destinés à combler le déficit; la marche administrative se ralentit, faute d'argent, et la fermentation s'augmente des embarras de la finance, qu'elle paralyse à son tour.

Telle est, en deux mots, la situation politique du royaume, quand Linguet retourne à Bruxelles continuer les *Annales*.

Tous ses efforts tendent au maintien de l'ordre, abri nécessaire des réformes sociales. — Condamnant intimement les hésitations du pouvoir, c'est sur le parlement qu'il fait peser la responsabilité des malheurs à venir.—On concevra sans peine, en lisant ses réflexions sur l'accueil fait, l'année suivante, aux ordonnances de Mai, quels mécontentements il dut soulever. Si jamais il y eut du courage à dire la vérité, ce fut dans cette circonstance. L'autorité royale était discréditée, la noblesse se rangeait en partie autour du prince dissident, toutes les sympathies entouraient le parlement et appuyaient sa rebellion. Celui-ci, puisant dans le suffrage public une démence nouvelle, s'abandonnait aux écarts des Duport et des d'Eprémesnil, sans calculer jusqu'où il se laisserait emporter.

Certes, Linguet sacrifiait son ressentiment particulier à la cause nationale, quand, étouffant dans son cœur le souvenir flagrant de la captivité et de l'exil, il relevait, soutenait le pouvoir absolu, désormais impuissant pour ou contre lui. Ces pages sont incontestablement belles dans sa vie et dans ses ouvrages. La raison et la verve, le sentiment patriotique et l'éloquence, rien n'y manque de ce qui gagne à l'écrivain les cœurs généreux et amis de l'équité.

On l'a répété depuis, ce n'était pas le régime despotique que minait l'opposition parlementaire, c'était l'ordre, c'était la prospérité de l'Etat. Aveuglement ou calcul, ce parlement de Paris couronnait dignement son passé : anglais sous Charles VI et Charles VII, ligueur sous Henri III et Henri IV, frondeur sous Louis XIV, enfin maladroitement républicain ; par jansénisme, sous Louis XV, et par philosophie peut-être, sous Louis XVI, c'était le repos public, c'était la dignité du royaume qu'il détruisait, en 1788, à coups de très-humbles remontrances. Le roi n'avait d'autre tort que de se fier trop aux exemples du passé. Dans un état purement monarchique, si l'on tient compte du progrès irrésistible de la civilisation, on reconnaîtra que ce qui n'est aujourd'hui que l'usage de l'autorité, en pourra demain paraître l'abus.— L'immutabilité de nos institutions politiques était un écueil connu aux deux pouvoirs, quand elle ne fournissait pas des armes à leur animosité.— Mais tous deux ne tardèrent pas à comprendre la nécessité d'un système progressif dont la participation du peuple à la vie publique devait être la clef ; et ce jour-là, le jeune prince, qui était arrivé au trône les mains pleines de réformes , allait payer de sa popularité la résistance tracassière de son parlement.

Non, la restauration de la société ne fut pas, comme plusieurs historiens l'ont soutenu, l'œuvre d'un corps qui, à une autre époque, livra la France à l'ennemi, stipulant sa propre souveraineté comme prix de la honte nationale, qui a établi des processions annuelles en actions de grâces du meurtre de Henri III, et grandement compensé le peu de bien qu'on lui prête par les plus basses transactions et le plus désastreux entêtement.

Les parlements des provinces suivirent l'exemple de la capitale ; huit d'entre eux durent être exilés à main armée. En Bretagne, la magistrature déclara infâme quiconque accepterait un emploi du cardinal de Brienne ;— le clergé mêla sa voix à la réprobation générale, et le ministre ne put composer la cour plénière dont le suffrage était devenu indispensable pour affermir sa marche et rallier les esprits. Enfin, cédant au vœu exprimé de toutes parts, le roi convoqua les états généraux pour le 5 Mai 1789. — Les finances étaient à l'extrémité ; on avait dissipé jusqu'aux fonds d'une souscription pour les hospices. L'inquiétude, circonscrite d'abord en France, commençait à gagner du terrain chez nos voisins. Comment désintéresser les créanciers de l'Etat, nationaux et étrangers? — Chacun donnait son mot. Linguet proposa, sous les noms de ventilations, de visa sur les rentes viagères, une sorte de banqueroute analogue à la mesure que Louis XV avait édictée le 20 Janvier 1770. Mais on n'était plus au temps du despotisme financier de l'abbé Terray, et la rigueur, judicieuse cette fois. du parlement en fit souvenir le maladroit donneur d'avis. — Le numéro 116 des *Annales* fut, par arrêt du 27 Septembre 1788, condamné à être brûlé (1), et le même arrêt supprima les subséquents. Le 117e et le 118e parurent cependant à Bruxelles, mais on les saisit à la poste en France.

(1) Déjà un arrêt du parlement de Rennes avait fait brûler les numéros 107 et 108.—Un autre, du conseil d'Etat du roi (14 Juillet) avait supprimé les numéros 109, 110 et 111. Ces rigueurs répétées donnèrent naissance à l'*Onguent pour la brûlure* et à la *France plus qu'anglaise*, qui forment les numéros 117 et 118.

Linguet les fit brocher, y adapta une préface et les répandit clandestinement dans tout le royaume. Cette même année, parurent également en volume les numéros 76, 77 et 78, contenant l'examen des ouvrages de Voltaire : poésie, histoire, philosophie, théâtre, tous les aspects de ce grand génie y sont étudiés et saisis par une plume sûre et loyale. L'accueil public rendit justice à la perfection de ce travail. Mais cette succession non interrompue de disgrâces, et la rigidité qu'on promettait d'apporter au maintien de la dernière, rendaient la continuation des *Annales* impossible. Linguet abandonna donc cette entreprise, pour ne la reprendre qu'en Juin 1790.

Croira-t-on que ces deux années, il les passera dans l'inactive contemplation des évènements? Ce serait bien méconnaître sa nature et oublier qu'il habite, durant cet intervalle, le théâtre même d'une révolution.

En effet, le prologue du drame de 1793 se jouait dans les rues de Bruxelles ; le Brabant se soulevait contre sa métropole.

On sait quelle marche rapide eut cette insurrection. En Avril 1787, les provinces incorporées à la maison d'Autriche par les traités de 1714 réclament solennellement les prérogatives consacrées dans l'accord de la joyeuse... entrée ; — l'empereur les admet sous certaines conditions que les Etats repoussent.— Le gouvernement insiste, et Joseph II signifie défense au conseil de lever le siége avant d'avoir obéi.

A cet effet, le 22 Janvier 1788, les troupes entourent le lieu des séances et répondent aux huées de la populace par un massacre que Linguet attribue à l'impatience d'un jeune officier (1).—L'effervescence

(1) *Annales*, numéros 101 et 102, t. XIV.

croît et se propage avec une rapidité terrible ; des sociétés se forment, qui appellent hautement les citoyens à s'armer *pro aris et focis ;* ce n'est plus le maintien d'un privilége ou une rétractation qu'on demande à l'empereur, c'est l'entière indépendance de la Belgique que l'on exige.

Linguet, en rendant compte de l'épisode qui avait servi de point de départ à l'insurrection, en avait fait peser toute la responsabilité sur l'officier qui commanda le feu. Le lendemain, le colonel du régiment lui écrivit une lettre menaçante, avec ordre de se rétracter. Le journaliste refusa. Il fallut des négociations sans fin pour qu'il consentît à insérer un récit différent du premier, et encore, exigea-t-il qu'il fût signé des membres du gouvernement.

A dater de ce jour, ses rapports avec le gouverneur du Brabant, comte de Trautmansdorff, de bienveillants qu'ils avaient été, devinrent difficiles, et, par la suite, hostiles.

Nous ne pouvons mieux les exposer qu'en rapportant en substance un recueil de lettres adressées par lui à ce seigneur, dans les derniers mois de 1788 et les premiers de 1789.

En 1786, il avait déjà songé à établir, à une lieue de Bruxelles, dans un petit village nommé Awerghem, une manufacture de glaces coulées à la façon de Saint-Gobain ; — l'emplacement d'un couvent supprimé lui ayant paru très-propre à l'installation de cette industrie, il en avait demandé la concession au gouvernement. La réponse s'étant fait attendre, Linguet avait formé un autre projet : celui d'assurer, par un service de chasse-marée, entre Ostende et Bruxelles, une consommation de poissons frais à cette dernière ville, ce qui ne pouvait avoir lieu avec les moyens de transport en usage. Mais les pêcheurs d'Ostende lui répondirent qu'ils aimaient mieux vendre moins et plus cher ; qu'il leur importait peu que la consommation augmentât, que les marchandises arrivassent en bon état, pourvu qu'ils fussent assez payés. Le gouvernement, qui aurait dû mieux raisonner que ces gens-là, négligea encore de seconder Linguet.

Lorsque la suspension des *Annales* lui fit du loisir, l'idée des entreprises industrielles lui revint :

« La nature, écrivit-il au comte de Trautmansdorff, » m'a donné une activité dont je ne sais si je dois » m'applaudir ou me plaindre; mais elle existe et » exige de l'aliment ou de la distraction.... Il faut, » Monseigneur, que je m'occupe. En ce moment, où » je n'ai plus d'autre travail que de ramasser les dé» bris d'une modique fortune due à la plus scrupu» leuse économie et à d'immenses travaux, je vou» drais fonder à Awerghem une blanchisserie de cire » avec fabrique de bougies, et une fonderie de ca» ractères d'imprimerie, suivant un procédé nouveau » qui en diminuera le prix de moitié... »

Le comte lui répondit que l'emplacement dont il aurait besoin lui serait concédé, si ses offres étaient satisfaisantes. — Linguet, s'étant consulté quelques jours, fit la proposition suivante : « J'ai toujours été » dans le principe, Monseigneur, qu'il fallait beau» coup réfléchir avant de prendre une résolution, mais » qu'une fois prise, on ne pouvait l'exécuter trop » promptement. Confiant dans la parole de Votre Ex» cellence, je suis allé à Awerghem. J'ai été surpris et » étonné de l'état de dégradation où sont les bâtiments.»

» Le cloître était, il y a deux ans, orné et garanti » du vent par des vitres peintes ; on les a vendues » avec le plus grand appareil ; on en a tiré une pis- » tole, et l'on a fait pour plus de 300 florins de dé- » gât. Enfin, on a logé là une espèce de barbouil- » leur qui fait des couleurs; il s'est établi juste dans » la cuisine, qu'on lui a appropriée à grands frais ; on » a dépensé 100 louis, pour lui procurer le plaisir » de faire du bleu de Prusse et du vert-de-gris au lieu » où il fallait faire la soupe. C'est vraiment l'abo- » mination de la désolation dans le séjour des filles » de Sion (1). Il est temps de faire cesser ce scan- » dale. Je ne réponds pas d'être une bonne reli- » gieuse, mais je serai un bon économe, un pro- » priétaire vigilant. Je me flatte, Monseigneur, que » vous voudrez bien vous considérer comme l'abbé » d'un couvent dont vous m'aurez fait le prieur.

» Quant à l'établissement de la cure dont je vous » ai parlé, j'ai des vues particulières que je commu- » niquerai à Votre Excellence. J'ai un frère, main- » tenant curé en France, en Normandie, et que je » serais heureux d'attirer près de moi... C'est le seul » qui me reste... Le plus jeune est mort l'année » dernière à Paris, me laissant par testament sa » charge d'avocat aux conseils, que j'ai préféré cé- » der... — Mon intention est de fixer à Awerghem, à » mes frais, un chirurgien, sorte de secours qui » manque à ce pays, également destitué des tempo- » rels et des spirituels... » Suivait un mémoire, dans lequel Linguet développait ses offres et les évaluait à plus de 60,000 florins.

(1) Une partie des bâtiments dont se composait l'ancien couvent était restée occupée par une école publique de filles.

Quelques jours après (18 Février 1789), il se rendit sur les lieux, accompagné d'un conseiller commissaire, chargé par le gouvernement de faire un rapport sur l'objet en question. « Ce rapporteur, » raconte Linguet, ne fut frappé que d'une chose, » de la facilité de bâtir à peu de frais, en rasant tous » les vieux bâtiments qui sont au bas de la colline, » une jolie maison de campagne sur la hauteur... « — C'est étonnant, ajouta-t-il, qu'on ne l'ait pas » encore fait ! »—et, dans son rapport, il offrit, pour » son propre compte, 60,000 florins, en prétendant » que je n'en avais offert, moi, que 15,000. »

Quoi qu'il en soit de cette assertion de Linguet, il ne manqua pas de se plaindre. S'adressant une dernière fois au comte de Trautmansdorff : « ... Le rap» port est d'une malignité odieuse, dit-il, et l'offre une » prévarication déguisée ; je suis au désespoir d'avoir » cédé à la tentation d'être utile.— Je ne veux » plus d'Awerghem ; je vais à Vienne porter ma justi» fication aux pieds de l'empereur. Si Votre Excellence » a des ordres à me donner, je la prie de me les » adresser sous vingt-quatre heures, et de vouloir » bien me faire expédier un passe-port, que j'enver» rai chercher demain matin. — Ce 28 Février 1789.»

Il partit en effet ; mais, à Vienne, il ne put voir l'empereur, qui, gravement malade, ne recevait que les ministres. On l'engagea, de sa part, à retourner à Bruxelles, avec promesse qu'il lui serait donné satisfaction. Mais, en présence du mauvais vouloir des conseillers généraux, il résolut de rentrer en France, comptant trouver sûreté et protection auprès du comte de Mercy-Argenteau, ambassadeur d'Autriche, si sa liberté ou sa vie y était menacée.

En quittant la Belgique, il fait ainsi ses adieux au gouverneur :

« Bruxelles, 21 Avril 1789. — Je viens de dissoudre » mon imprimerie, Monsieur le comte, et de congédier mes ouvriers. Il y a six mois que je n'avais » plus besoin d'eux, mais ils avaient besoin de moi. » Je les ai entretenus tant que la saison a été rigoureuse..... Ce sont autant de familles qui vont se » trouver sans emploi par un effet de l'administration... Cette idée jette, dans les adieux que je vous » adresse, une tristesse dont je ne puis me défendre. » Je pars demain ; jusqu'à midi, j'attendrai vos ordres, qui seront exécutés avec le plus grand soin, » si vous en avez à me donner. »

On sait quelle aurore d'espérance signala le rappel de Necker et la révocation des édits de Brienne. Malgré le parlement, qui avait jeté le masque ; malgré le vote des notables, la double représentation du tiers aux états généraux était ordonnée. — Les trois ordres avaient répondu à l'appel, mais une scission opiniâtre rendait stérile le zèle dont ils paraissaient animés.

Linguet, qui ne s'était pas présenté à la députation, quoique plusieurs villes eussent sollicité sa candidature, regretta, en voyant l'horizon s'assombrir, de n'avoir pas accepté le mandat populaire. — La résistance du clergé et de la noblesse se peignit d'abord à ses yeux des couleurs sous lesquelles il avait vu la ténacité du parlement ; mais il pensa bientôt que la supériorité numérique du tiers pouvait conjurer la crise, et l'engagea à se réunir aux autres ordres pour prévenir une rencontre. N'y a-t-il pas quelque chose de prophétique dans cette apostrophe qu'il adressa aux communes ?... « — Vous auriez de » grandes ressources pour le combat, — hélas ! » oui ; mais en auriez-vous seules? Dussiez-vous » compter sur un triomphe assuré, quelles seraient » donc les premières offrandes que vous présente- » riez, les premières victimes que vous immoleriez » au nom de la nation à la liberté ? Seriez-vous » sûres, pourriez-vous répondre de vous arrêter dans » cet élan meurtrier ? — N'est-ce pas encore aux » dépens du peuple, de la vraie nation en tous sens, » qu'il faudrait en courir le risque ? — Et quelle » main serait assez adroite, assez puissante pour re- » nouer les liens que vous aurez ainsi rompus (1) ?.. »

Ainsi, nous voyons son action modératrice descendre du pouvoir au peuple, toujours inspirée de l'amour du bien public.

Au serment du Jeu-de-Paume, succède bientôt l'orageuse séance du 23 Juin, si funeste à la cause royale. Linguet se trouvait à Versailles. La parole formidable de Mirabeau franchit les murs de l'hôtel des États et contrista bien des cœurs. — L'avilissement de cette monarchie glorieuse pour la France, depuis tant de siècles, fut salué par d'autres voix comme l'aube d'un jour plus brillant qui devait laisser dans l'ombre tous les beaux souvenirs du passé. « Le coup » a fait balle, » dit Linguet à Montmorin (2), qui se flattait de n'avoir à réprimer que d'inoffensives déclamations; « vous serez de grands médecins, si vous » sauvez seulement la dignité de la couronne. »

(1) *Serait-il trop tard ?* par M. Linguet, ancien avocat au parlement de Paris, 1789 ; in-12, avec cette épigr. : *Pacem vos poscimus omnes.* (Page 30.)

(2) Ministre de la marine.

Des bruits calomnieux couraient sur lui. — Le lundi 13 Juillet, il suivait l'avenue de Vincennes pour se rendre à Wissous, près Antony, où un ami lui avait donné asile, lorsqu'une troupe de paysans armés entoure sa voiture ; il s'informe : — « Vous ar-» rivez de Vienne, lui dit-on, vous avez reçu de » l'empereur un million pour comploter avec nos » courtisans contre la révolution ; — le renvoi de » M. Necker a été en partie votre ouvrage, per-» sonne ne l'ignore ; les gardes-françaises en sont » instruites ; nous vous arrêtons au nom du peuple. » Linguet, sans tenir compte de ces propos, ordonne à son cocher de poursuivre sa route et arrive chez lui. — Là, il soutient pendant deux heures une espèce de siége ; — d'une fenêtre, il harangue les assaillants ; — c'est en vain. — Des cris de mort, d'incendie se font entendre. Alors, il monte à cheval, suivi d'un domestique, fend la foule, qu'il tient en respect, un pistolet à la main, et retourne à Paris. — Il court au Palais-Royal, où retentit encore l'appel de Camille Desmoulins, et se mêle aux groupes. — Un nouvelliste, qui ne le connaît pas, lui rapporte à lui-même, en les confirmant, les accusations absurdes dont il est l'objet, et ajoute qu'on est à sa recherche pour en tirer justice.

Le lendemain, au moment où sonne sa cinquante-troisième année, il assiste à la prise de la Bastille : — « En voyant l'enthousiasme public, je brûlais de me » nommer, dit-il, et j'aurais applaudi sans restric-» tion à cet acte de justice populaire, si le triomphe » affreux du portage des têtes n'avait souillé la fin » de cette grande journée (1). »

(1) Lettre au comte de Trautmansdorff.

La vue du carnage l'épouvante. C'en est fait ; les excès qu'il a présagés à la royauté, si elle hésitait à s'affranchir de la tutelle parlementaire et ministérielle, commencent.

La régénération, qu'il voulait pacifique, organisée, honorable, va coûter au pays, dans une large mesure, des larmes, du sang et de l'honneur.

Le séjour de Paris, où, d'ailleurs, il n'est pas en sûreté, devient odieux à Linguet, quand il voit à l'Hôtel-de-Ville, le 17 Juillet, Louis XVI porter à son front la cocarde tricolore, entouré d'une foule sombre et menaçante. Il ne s'attendait pas à être témoin sitôt de l'humiliation du souverain, et, pour s'épargner de pareils spectacles, il retourne à Bruxelles. Mais là aussi gronde une révolution. Les Pays-Bas autrichiens sont au comble de l'effervescence. L'agitation où il les a laissés s'est accrue de la cassation de tous les Etats par le rescrit du 18 Juin, de la cassation du conseil du Brabant, de la substitution de magistrats étrangers aux juges nationaux, du démembrement violent de l'université de Louvain. — Des arrestations nombreuses et arbitraires redoublent l'exaspération : « Rendez-nous, écrit Linguet au » comte de Trautmansdorff, le 1er Août, rendez-nous » ces malheureux que l'on traîne vers les rochers » du Luxembourg et qu'on menace des marais de la » Hongrie... Soyez humain, ou craignez... Les peu» ples, depuis quelques années, jouent avec les rois » une terrible tragédie. En Amérique, le premier acte » présente une guerre réglée et une insurrection » triomphante ; en Hollande, les factions ont pro» duit des débats ridicules, des désastres particuliers » et un avilissement général ; — en France, on a dé-

» buté par des assassinats sans déguisement, continués » par des proscriptions sans nombre. Ce qui n'a pas » péri de ministres réprouvés est en fuite avec presque » toute la famille royale. Je ne sais ce qui se passera au quatrième acte ; — mais, en vérité, malheur aux administrateurs du pays où il se jouera !.. » Que deviendrez-vous ? que deviendra tout ce qui » vous est cher, si jamais le peuple rompt le frein » dont vous lui ensanglantez la bouche ? »

Les prisonniers furent rendus, et il put se flatter d'y avoir ardemment contribué. — Cependant l'appui sympathique qu'il semble vouloir prêter aux Brabançons arrive aux oreilles de Joseph II. — « Ne répondez » point à Linguet, écrit ce prince au général » d'Alton, et s'il devient insolent, chassez-le de mes » Etats. »

Alors les membres du gouvernement l'accusent, auprès de la cour de Vienne, d'avoir vendu sa plume aux meneurs de l'insurrection.

« Moi, s'écrie Linguet, dans une lettre publique » au gouverneur, moi, m'être laissé conduire par » l'intérêt ! Demandez à l'empereur si mon attache- » ment pour lui a jamais été souillé par une ré- » compense pécuniaire.

» Ah ! Monseigneur, si j'étais à vendre, ce pays » tout entier ne suffirait pas pour le prix que j'exi- » gerais ! — Feu le comte de Vergennes a voulu » m'acheter, et cher ; — vous savez comme je l'ai » puni de cet outrage. — Dans l'affaire de l'Escaut, si » honteusement abandonnée en 1785, — pour sa » médiation, pour avoir chargé la France de payer » une partie, non pas de la rançon, mais de l'escla- » vage de l'Escaut, il a reçu une superbe argenterie

» vue de toute la France ; — les Hollandais ont sans
» doute mis plus de discrétion, mais autant de géné-
» rosité dans les autres marchés,... et il n'est résulté
» pour moi que l'honneur d'être appelé, dans une
» dépêche autrichienne, un vendeur d'écrits ! Voilà
» ma part dans une affaire où vous trouvez l'empe-
» reur vendant ses droits et la prospérité de ses pro-
» vinces, des ministres vendant l'empereur et sa
» renommée, les commissaires Leclerc, Debrou et
» autres grapillant encore après les grands coups de
» main, et prévariquant, à bourse déliée, dans la
» fixation des limites, qui n'a été pour les armoi-
» ries impériales, partout où ils ont opéré, qu'une
» souillure. »

On voit par quelle suite d'évènements Linguet se trouve amené dans les rangs de la presse révolutionnaire, qui le compte bientôt parmi ses chefs. — De ce moment, c'est en ennemi qu'on le traite sur cette terre où des honneurs l'ont accueilli.

Dans la nuit du 17 au 18 Décembre, des soldats enfoncent la porte de sa maison, saisissent et enlèvent ses papiers, en vertu d'un ordre des conseillers du gouvernement, et l'internent chez lui, sous la surveillance d'un poste qui intercepte toute communication avec le dehors. C'est dans cet état qu'il écrit à l'empereur :

« ...Que dois-je penser, Sire, du spectacle dont je
» suis témoin ? Ne me reprochez pas de changer avec
» la fortune.— Je vous ai fait serment de fidélité, et
» je l'ai tenu avec le plus rigoureux scrupule. Mais
» je ne l'ai point fait à vos ministres... Je ne l'ai
» point fait à la perversité, à la corruption, au des-
» potisme sans bornes, et heureusement sans lu-

» mières, de cinq ou six misérables intrigants qui, » depuis trois ans, ont, pour notre malheur et pour » le vôtre, surpris votre confiance..... Quoi ! c'est » toujours par la prison que les souverains ont payé » ma soumission ! Qu'ai-je pu, cependant, qu'ai-je dû » faire, sinon ce que je fais ? — N'est-ce pas, à l'ave- » nir, pour mon cœur une nécessité, un devoir, d'ab- » jurer le service des rois, auxquels je n'en ai jamais » rendu dont j'aie à rougir, dont je ne sois prêt à » rendre un compte, à soutenir un examen juridi- » que ; — de consacrer, soit ici, soit en France, à la » patrie qui, heureusement, dans ces belles con- » trées, n'est pas un mot vide de sens, les restes » d'une vie sur laquelle toutes les espèces de despo- » tisme n'ont cessé d'exercer leur fureur ; — enfin, » de vouer à Votre Majesté mes regrets, — à la liberté » mon hommage et mes secours ?.. »

Huit jours après, Joseph II punissait d'un arrêt de mort cette loyale et hardie fermeté. « On a très-bien » fait, disait-il au général d'Alton, d'arrêter Linguet » et ses complices, pourvu qu'un prompt jugement » et exemple s'ensuivent (Dépêche du 31 Décembre » 1789). » — Tous les individus prévenus de manœuvres tendant à favoriser l'insurrection étaient jugés sommairement, et, pour la plupart, condamnés à la peine capitale. — Linguet n'a pas un moment de faiblesse. Entre les mains du bourreau, en quelque sorte, c'est au parti républicain qu'il dit hautement appartenir ; ce sont les piéges diplomatiques qu'il signale au peuple indécis : « ...Joseph II veut » faire passer vos provinces sous le sceptre d'une » archiduchesse de sa famille ! O lion, lion, prends » garde au tigre, sous quelque forme qu'il se dé-

» guise !.. Point d'accord avec cette race ;— tremble » que la grande place ne se teigne de sang comme » le tapis vert de Laeken !... Aux armes pour » ton indépendance ! — Sus aux rejetons du Tibère » espagnol du XVIe siècle, *pugnent ipsique nepotes !* » —Et, dans une dizaine de brochures, il avive le combat avec sa verve furieuse (1).

Il ne dut son salut qu'au triomphe momentané de l'insurrection.— Camille Desmoulins, qui en publiait les bulletins à Paris, ne manqua pas de consigner dans sa feuille (2) l'active coopération qu'y apporta Linguet.— Celui-ci fut sensible aux éloges du jeune publiciste. « ...Quoi, lui écrivit-il, vous faites un journal, et vous ne me dites pas d'injures ! Vous êtes » l'apôtre de la liberté, et vous ne m'appelez pas » celui du despotisme (3) ! Et vous me rendez la justice de reconnaître que j'étais dans le cheval de » bois avec les plus courageux des Grecs ! — Je » retourne à Paris ;— j'écris au chef des Cordeliers » pour l'instruire de ma résolution d'y siéger à côté » de vous, de MM. Fabre d'Eglantine et Chénier. » (Février 1790) (4).

Camille Desmoulins, en recevant cette promesse, courut en faire part au district ; mais la personne à qui Linguet avait adressé sa lettre pour le président avait cru devoir surseoir. « On a écrit à Linguet des » lettres déhortatoires et on m'a signifié, de sa part—

(1) Elles forment la *Collection de la Révolution du Brabant*. Bruxelles, 1790. In-8°.

(2) *Révolutions de France et de Brabant*, n° 6 (2 Janvier 1790).

(3) Linguet n'avait sans doute pas lu la *France libre*, de Desmoulins, 1788, p. 69.

(4) *Révolutions de France et de Brabant*, n° 15.

» (c'est Desmoulins qui parle), — l'ordre de sursis.
» J'avais pris les devants ; le son des cloches avait
» annoncé la joyeuse nouvelle ; — on m'avait félicité
» de ma procuration, et quand j'ai annoncé le contre-
» ordre, réclamation universelle ! — Non, nous le
» retiendrons quand même. — Nous l'avons inscrit
» sur notre tableau, il ne sera pas rayé. Nous lui
» avons déjà préparé une cocarde, un mousquet, un
» sabre, une giberne. Eh ! parbleu ! vous serez des
» nôtres, monsieur Linguet, vous serez du district
» des Cordeliers ;

» Ac veluti te
» Judæi cogemus in hanc concedere turbam (1). »

En effet, en Mai 1790, Linguet arrive à Paris, descend rue Saint-André-des-Arts, hôtel de Toulouse, vole au district prêter le serment civique entre les mains de Danton, et annonce la reprise des *Annales*.

Il ne fit partie des Cordeliers que deux mois, les districts ayant dû faire place, en Juillet, aux quarante-huit sections ; mais ces deux mois furent bien employés. — Ce fut lui qui rédigea presque tous les mémoires ou adresses dont la commune fut accablée. L'adresse à l'assemblée, au sujet de la procédure du Châtelet, sur les évènements du 6 Octobre, à Versailles, est signée de lui ; on y trouve de beaux mouvements de style : « ... Si des inconnus, à une
» époque où le Châtelet veut obstinément trouver des
» délits, des malheureux excédés d'une marche péni-
» ble, périssant de besoin, à qui on avait refusé un
» abri contre les injures de l'air, au milieu d'une

(1) *Révolutions de France et de Brabant*, n° 15.

» nuit orageuse, ont violé un asile respectable ; —
» des personnages connus, redoutables, n'avaient-ils
» pas insulté les couleurs de la liberté dans cette
» même enceinte, au milieu du tumulte d'une orgie
» prématurée, dans le fracas d'une espèce de baccha-
» nale, où la bonne chère et les espérances égale-
» ment prodiguées avaient produit, pour les acteurs,
» une double ivresse, et pour le royaume, un double
» péril ? — Et c'est quand la nation et son chef se
» sont mutuellement juré d'oublier, ... c'est alors que
» le Châtelet a l'audace impie de lever ce voile aussi
» sacré que celui qui couvre le visage des morts. »

Cette adresse fut approuvée par quarante-deux districts. Le rapport de Chabroud à l'assemblée en reproduisit les conclusions, et, malgré l'opposition de l'abbé Maury, le décret fut rendu conforme.

C'est la dernière cause que Linguet ait gagnée. C'est également la seule circonstance où il se soit trouvé du même avis que Barnave (1).

Le 1er Juillet, ses adieux au district sont couverts d'applaudissements ; une députation l'accompagne au chef-lieu des deux sections Saint-André-des-Arts, mais il n'y peut établir son activité, ni son éligibilité. On lui objecte qu'il n'est à Paris que depuis trois mois, chez un logeur ; qu'il habite la Belgique ; et, malgré les efforts de Paré, président du district en l'absence

(1) Linguet se trouvait à l'assemblée nationale le 22 Juillet 1789, au moment où les corps de Foulon et de Berthier étaient traînés dans les ruisseaux et leurs têtes sanglantes promenées au Palais-Royal. Il avait entendu Barnave, à la nouvelle de cet évènement, s'écrier à la tribune : « Le sang qui coule est-il donc si » pur ? » Ces paroles, sorties des lèvres d'un jeune homme imberbe, le lui avaient rendu odieux.

de Danton (décrété de prise de corps par le Châtelet), et les protestations amicales de Fabre d'Eglantine, qui se porte caution de son civisme, il se voit exclu de la section substituée au club en vertu du décret du 17 Mai. — Sa vie publique se borne, dès lors, aux *Annales*, dans lesquelles il ne cessa, jusqu'en 1792, de blâmer les excès de la multitude et les vains scandales des assemblées.

Deux fois, cependant, il fit sur la scène politique une courte et malheureuse apparition. La première, au sujet de la réclamation portée par quatre-vingt-cinq députés de l'assemblée générale de Saint-Domingue contre l'assemblée provinciale, qu'elle prétendait supplanter. Il se présenta en leur nom à la barre de l'assemblée nationale, le 31 Mars et le 5 Avril 1791 ; mais l'opposition presque unanime du comité colonial, dont faisaient partie Barnave, Thouret et Chapelier, paralysa tous ses efforts. Tout ce qu'il put obtenir, ce fut les honneurs de la séance.

A l'occasion de cette affaire, Linguet échangea avec Barnave plusieurs lettres empreintes, de part et d'autre, d'une haine raisonnée, que la malignité publique encouragea. On alla même jusqu'à publier, sous leurs noms, un recueil de lettres apocryphes qui eut le plus grand succès. — Parmi celles que l'auteur des *Annales* inséra dans son journal, il en est une dont nous extrairons quelques lignes :

« Vous pouvez vous jouer des droits de la cou-
» ronne, qui n'a que trop mérité son humiliation,
» mais à laquelle, cependant, pour le bien général,
» il serait bien temps de faire grâce ; — de ceux du
» clergé, dont la partie haute commence, par sa
» maladresse, par ses fureurs, à justifier son abais-

» sement, mais dont vous ne ménagez guère plus la
» partie inférieure, si digne de respect et de support;
» —de la noblesse, dont je croirai toujours que la
» dégradation n'était ni nécessaire, ni utile, ni même
» politique ;—de ceux du peuple, enfin, à qui, pour le
» monter, vous vous êtes associé, vous avez mis un
» bât qui pourra bien sauter, avec les écuyers, à la
» première ruade de cet animal fougueux. Mais, mor-
» bleu ! vous ne vous jouerez pas de l'honneur d'un
» citoyen irrépréhensible, à qui les iniquités des dé-
» funts despotes, remplacés plus encore que dépla-
» cés par vous, leurs *soi-disants* ennemis, n'ont guère
» laissé d'autre fortune que celle-là. » (9 Mars 1791.)

Quand on songe à l'époque où cette profession de foi a été écrite, on est confondu de la hardiesse qu'elle affiche. Linguet a tenu ce langage jusqu'au tribunal révolutionnaire.

La dernière démarche publique qu'il fit avait pour objet la réhabilitation de deux garde-magasins de Trinquemalle, condamnés pour dilapidations par le tribunal français aux Indes, et acquittés depuis, sur les mêmes griefs, par le tribunal de district de Quimper. Il porta la parole à la barre de l'assemblée nationale, dans la séance du soir du 7 Février 1792 ; mais ses clients n'y gagnèrent rien, sinon la mise en demeure, portée au ministre de la marine, de se justifier du déni de justice dont ils l'accusaient. Bertrand de Molleville se justifia pleinement, et l'affaire n'eut pas d'autre suite.

Jusqu'en Février 1792, Linguet reste à Paris, rue Saint-Dominique, uniquement occupé de la rédaction des *Annales*. Il entretient quelque temps, avec Hérault de Séchelles, Desmoulins, Danton, Robespierre même, une correspondance où respire une sage fraternité ; — mais, du jour où ces hommes, si doux au sein de leur famille et dans les relations privées, sont emportés dans la tourmente des passions populaires qu'ils ont soulevées ; du jour où, jetés violemment au pouvoir par les mains qu'ils ont armées, ils se soumettent à l'invincible nécessité qu'ils se sont faite de chercher dans le crime un abri contre leur propre terreur, — Linguet les renie bravement, publiquement. Conteste-t-on son dévouement à la république, en le voyant flétrir la conduite des ministres improvisés? Comparant les doctrines de ses premiers ouvrages aux services qu'il rend à la cause de la liberté, l'accuse-t-on de souffler tour-à-tour le chaud et le froid ? — Non, répond-il, ce que vous appelez l'éloge du despotisme est l'école de l'indépendance ; relisez les écrits que vous incriminez : loin de les abjurer, je les confirme. — J'ai rompu avec les meneurs de clubs quand ils se sont laissés gouverner eux-mêmes par la force irréfléchie qu'ils avaient mission de contenir. — Je partage avec eux la haine d'un régime qui, dans ces derniers temps, leur a donné des leçons de faiblesse, mais « je reste attaché aux principes éter- » nels de justice, sans lesquels il n'y a point de » sociétés (1). »

Si l'on trouve, parmi ces pages où le désespoir est mal déguisé, quelques railleries contre les membres de la législature (2), n'imputons pas à l'auteur une

(1) *Annales*, 5 Mai 1791, n° 166.

(2) Parmi ces sarcasmes pleins d'atticisme, on remarquera un morceau sur Necker (*Annal.*, t. XVI, p. 74), une conversation entre deux députés (Mars 1791, n° 160), et l'attitude des avocats après la loi du 14 Décembre 1790 (*Annales*, Février 1791).

indifférence, même passagère, au milieu des déchirements de la patrie ; la polémique injurieuse de ses confrères lui fait horreur, et il veut arrêter, s'il se peut, les progrès de la démagogie avec le sourire sur les lèvres, et non l'écume.

Parfois, cependant, cette fougue de parole que lui a inspirée l'action destructive des parlements contre la monarchie se réveille ; lorsqu'il entend outrager, à la tribune républicaine, l'humanité ou la religion. Mais l'indépendance, que les rois avaient en partie tolérée, ne pouvait trouver un asile sous le terrorisme (1).

En Janvier 1792, il avait acheté à Marnes, près de Versailles, un vaste terrain pour y faire des essais de culture. Après le 10 Août, il s'y retira entièrement (2).

Là, cherchant dans l'obscurité, dans l'étude de la nature, ce repos si précieux au déclin de la vie, il déplorait en silence les malheurs de la France, dévorée à la fois par l'anarchie et la guerre extérieure. Bienfaisant et plein de zèle pour les intérêts de sa commune, dont un choix unanime l'avait fait dépositaire, il ne songeait pas, sans doute, que la loi des suspects pût l'atteindre, lorsqu'on vint l'arrêter quelques jours après, le 17 Septembre 1793.

Quoique doué d'une robuste santé dans un corps chétif, Linguet était souvent en proie à de vives douleurs qui changeaient de siége en variant d'intensité, et dont il ignora longtemps la nature. —

(1) Et qui insultaverat agmini tyrannorum, ejus libertatem libertas non tulit (SENÈQUE, son auteur favori, — *De tranquillitate animi*, § 3.)

(2) C'est cette propriété qui appartenait, vers 1830, au docteur Bourdois. (BARRIÈRE, *Mémoires sur la Révolution*.)

C'était une goutte errante qui, pendant son séjour à la Bastille, ayant attaqué l'estomac, lui fit croire qu'on l'avait empoisonné. — Il était au lit et souffrant de cette maladie, quand on vint procéder à son arrestation. — Il dut à cette circonstance de n'être pas conduit, avec les personnes arrêtées en même temps, à l'Abbaye, où ses deux derniers amis, l'abbé Lenfant (1) et M. de Montmorin, venaient d'être immolés dans le massacre de Septembre.

Interné à l'Abbaye du faubourg Saint-Antoine, convertie en hospice, peut-être y eût-il échappé à l'activité dévorante des tribunaux du 10 Mars et du 5 Avril, s'il ne se fût, par une réclamation intempestive, signalé à l'attention du comité de Salut public (2).

En Février 1794, on le transfère à La Force. C'était, il ne l'ignorait pas, l'antichambre du tribunal révolutionnaire, et, conséquemment, un arrêt de mort. — Une députation de sa commune était venue témoigner en sa faveur et le réclamer comme un père auprès du comité de Salut public ; — son jeune élève d'Abbeville, Devérité, après l'avoir, pendant quelques années, accusé d'ingratitude et harcelé de brochures, lui rendait justice au moment suprême, et, comme membre de la Convention, demandait son élargisse-

(1) Linguet avait connu l'abbé Lenfant, confesseur de l'empereur d'Autriche, à Vienne, pendant son premier voyage. — Il entretint une correspondance suivie avec ce vieillard, dont les derniers moments furent ceux d'un martyr.

(2) Il écrivit au comité pour se plaindre du commissaire de la section, qui s'était emparé de sa voiture et en faisait usage malgré sa volonté. Celui-ci, appelé devant le comité, n'eut pas grand'peine à se faire absoudre, et profita de la circonstance pour appeler l'attention de Robespierre sur l'homme qui l'avait traité de « *lâche et* » *odieux tribun*. »

ment au comité de sûreté générale. Tout fut inutile. Robespierre avait juré sa perte,—Robespierre, dont il avait, en 1790, sincèrement loué le patriotisme, puis, en 1793, flétri le délire sanguinaire.

Il envisageait froidement son sort. Loin d'échanger avec ses compagnons de captivité les consolations qu'inspire aux malheureux un désespoir commun, il ne recherchait pas leur commerce et redoutait surtout de provoquer de stériles gémissements ou d'encourager de lâches faiblesses. Un d'eux lui ayant demandé s'il n'espérait pas triompher des verroux de La Force, lui qui avait franchi les murs de la Bastille, à Paris, et ceux de la Porte-de-Halle, à Bruxelles : — « Les temps sont bien changés, » répondit-il après un moment de silence et un profond soupir; — « et puis, tant va la cruche à l'eau, qu'à la » fin elle casse. »

Pendant les cinq mois de sa détention, au dire de ceux qui l'ont partagée, il ne proféra aucune plainte. Ce n'était plus l'homme de 1776 ni de 1788; cette vive intelligence, cette parole impétueuse, cette verve intarissable avaient fait place au calme et au recueillement. Et pouvait-il en être autrement à l'heure où, chaque jour, se faisait l'appel des accusés, et à celle plus douloureuse où on apprenait leur exécution ?— De quoi eût-il pu s'entretenir, avec Dussaulx, par exemple, sinon de sa mission au 2 Septembre, du cadavre de Montmorin foulé aux pieds, et de la tête blanche du père Lenfant, coupée et mutilée par un peuple de bourreaux à la solde de la patrie ? Peut-être, même, désira-t-il que son heure ne se fît pas longtemps attendre, et quand elle sonna, le 27 Juin, elle ne le vit pas sourciller.

Il parut même devant le tribunal révolutionnaire avec la fermeté de ses meilleurs jours. — Le mandat du comité de sûreté générale lui avait été signifié dès le 29 Prairial ; mais il n'avait pu préparer sa défense, l'acte d'accusation, rédigé, le 8 Messidor, par Fouquier-Tinville, n'étant venu à sa connaissance que par la lecture publique qui en fut faite, le 9, avant l'interrogatoire (1). — Cet acte était ainsi conçu :

« Linguet, connu par ses écrits et son séjour, dans » les cours de Vienne et de Londres, auprès des des» potes qu'il insulta et encensa tour-à-tour, était vu » des intimes conseillers du traître Capet contre la » révolution et l'un des membres du comité autri» chien des Tuileries.— Par une lettre trouvée dans » l'armoire de fer, écrite par Linguet à Capet, le 4 » Avril 1792, il le remercie de la justice qu'il vient, » dit-il, de lui rendre en témoignant de sa confiance » en lui ; puis il parle des troubles qui agitent » l'Etat et des prétendus malheurs du tyran. — » Il les attribue à ce que, depuis quinze ans, il n'a » pas eu de volonté décidée ; — c'est ce qui a com» promis son autorité et sa personne ; enfin, il finit » par lui donner le conseil de se montrer souvent » et de se confier au peuple, qui lui rend déjà jus» tice et qui la lui rendrait bien autrement s'il le » voyait tous les jours (2), — langage qui prouve que,

(1) On procédait ainsi en vertu de la terrible loi votée récemment par la Convention, sur la proposition de Couthon et de Robespierre. (10 Juin.)

(2) Reproduction, mot pour mot, de l'analyse faite par la commission des douze établie par le décret du 21 Décembre 1792, pour examiner et décrire les pièces trouvées dans l'armoire de fer et déposées par Roland sur le bureau de la Convention.— Cette ana-

» si Linguet a paru se couvrir d'un masque de pa-
» triotisme et faire quelques écrits en faveur de la
» liberté, ce n'était de sa part que la vengeance ou
» l'hypocrisie qui conduisait sa plume, mais qu'il était
» toujours le partisan et l'apôtre du despotisme, dont
» on trouve des marques aussi atroces dans cette
» lettre contre-révolutionnaire, où il met le masque
» bas pour se prononcer contre le peuple et ses
» représentants. »

Pendant cette lecture, Linguet prit un crayon et jeta à la hâte sur un chiffon de papier les lignes suivantes, qu'il fit passer au tribunal :

« On cite contre moi l'extrait d'une lettre unique
» et dont je ne me souviens pas,— qu'on ne montre
» même pas. Peut-on juger sur une preuve pareille ?—
» L'accusateur public rappelle au souvenir des jurés
» quelques-uns de mes ouvrages qui lui paraissent
» répréhensibles ;— mais peut-on juger un écrivain
» qui a fait peut-être soixante volumes en sa vie, sur
» une portion de ses écrits jugée à part ? Ils sont,
» d'ailleurs, écrits avec le ton et le courage d'un ré-
» publicain, quoique la république n'existât pas encore.
» Ma justification se réduit à un mot : J'ai
» éprouvé toute espèce de despotisme avant la révo-
» lution ; j'ai fait pour elle tout ce que m'ont permis
» mon âge et ma fortune ; je n'ai été le complice d'au-
» cun despote. J'ai loué hautement les rois quand ils
» ont fait le bien, et j'ai été le défenseur des peuples
» avec la même franchise (1). »

lyse, qui porte le n° 284, dans le recueil imprimé en vertu du décret du 5 Décembre 1792, est suivie de ces mots : Apostillée de la main du roi : — « M. Linguet, 4 Avril 1792. »

(1) Cette pièce, d'un intérêt si saisissant, existe en original aux Archives impériales, à Paris.

A l'interrogatoire, il tint encore ce même langage; mais on voulut à peine l'entendre. Comme il demandait qu'on produisît la lettre mentionnée dans l'acte d'accusation : — « Et celle-ci, le citoyen la reconnaît-» il? » lui dit un des jurés, nommé Dix-Août, en lui présentant une lettre écrite en effet par Linguet à Louis XVI, en Décembre 1792, pour lui offrir de le défendre devant la Convention (1).

— « Oui, certes, répondit-il, et je n'ai rien écrit » qui me fasse plus honneur. »

L'accusateur public se leva et requit immédiatement (2) contre Linguet l'application de la loi du 22 Prairial, qui prononçait la peine de mort contre les citoyens convaincus d'avoir attenté à la liberté publique.

Ce jour-là, sur trente-six accusés, il y eut vingt-huit condamnations capitales.— Linguet est le second sur la liste.

Le soir même, il fut exécuté sur la place (3) où, deux mois auparavant, Fabre d'Eglantine, Camille Desmoulins, Hérault de Séchelles et Danton avaient porté leur tête. Il marcha courageusement au supplice, entouré des plus loyaux serviteurs de la monarchie. Près de lui se tenaient le vieux maréchal de

(1) Elle venait d'être envoyée au tribunal par la commune, où étaient restées nombre de pièces relatives au séjour du roi à la tour du Temple.

(2) A la même époque, « en Messidor, an II, raconte un témoin » (le poète satirique *Damin*), un nommé Duchesne, traduit au tri-» bunal, était près d'être condamné. Courtès, habitant de Ver-» sailles, demande la parole. — Est-ce pour ou contre l'accusé? » dit le président. — C'est pour. — Impossible, la cause est » entendue. »

(3) Devant la barrière du Trône, dite alors barrière Renversée.

Noailles, qui, après avoir, dès l'enfance, versé son sang pour la patrie, mourait, à quatre-vingts ans, pour son roi ; — le prince de Broglie, tour-à-tour soldat et constituant, fidèle aussi jusqu'à la mort à la cause royale; — Guignard de Saint-Priest, frère du ministre ; — le marquis de la Guiche, tout un cortége, enfin, de gloire et d'honneur. On rapporte que Linguet, au pied de l'échafaud, entretenait leur fermeté en répétant à haute voix des pensées de Sénèque, ce maître en l'art de mourir.

On ne fait pas l'éloge du courage chez un peuple où il se transmet avec la vie ; mais il faut rendre justice à cette résignation touchante, née du devoir accompli et d'une religieuse indulgence. Heureux celui en qui subsistent, au milieu d'orages sans trève et de vexations imméritées, la foi et l'amour des hommes ! Linguet a vécu comme il est mort, — sans renier sa conduite passée ni faire le moindre effort pour en détourner les conséquences. Il a bravé ses bourreaux en 1794, comme il a, en 1775, affronté le dépit de ses confrères au lieu de se disculper à leurs yeux. — Je ne chercherai pas à établir que ses doctrines soient entièrement conformes à la raison : il me faudrait d'abord prouver leur unité, ce qui n'est pas possible. — Mais on ne contestera pas que ses contradictions soient les fautes d'un esprit qui cherche la vérité, et non les jongleries d'un bateleur, comme plusieurs de ses contemporains l'ont avancé.

Si je me suis appesanti sur les égarements de son cœur, ç'a été pour ne pas paraître soutenir une thèse difficile en tournant les obstacles ; mais l'ensemble de ses actions décèle une âme généreuse, et je pense qu'on ne plaidera jamais mieux la cause d'un homme de bien qu'en faisant le récit complet de sa vie.

Avocat, il n'eut pas de maître et n'a pas laissé d'imitateurs; on chercherait en vain à établir un parallèle entre ses mémoires et ceux de Beaumarchais. Les premiers sont des discours divisés, comme un syllogisme, en prémisses et conclusion; les seconds sont, en quelque sorte, une comédie de mœurs, sans dialogue et désordonnée; dans les uns, la force et la clarté dominent; c'est l'esprit qui fait tout le mérite des autres.

Historien, la hardiesse de ses jugements, l'heureuse innovation de rechercher, avec les évènements, leurs causes politiques et leurs conséquences générales (ses devanciers s'étant, pour la plupart, bornés au récit des faits, ou ayant limité leur analyse aux contrées où ils se sont produits), lui assurent un rang honorable dans cette classe précieuse de nos connaissances.

Littérateur, on peut dire que sa plume a une souplesse et une élégance qu'on croirait naturelles, tant elles ont de soudaineté. Son style manque de profondeur et de concision, mais il se plie si aisément aux évolutions de la pensée, qu'il ne fatigue pas, malgré le retour assez fréquent de certains archaïsmes. Il se peut que l'habitude de parler soit incompatible avec la sobriété d'expressions, qui est la marque d'un esprit puissant et contenu. Cependant Linguet, dans ses écrits, n'est, selon moi, jamais faible, et jamais prolixe. Ce qu'on lui reprochera avec raison, c'est un goût trop prononcé pour l'image, travers commun à tous les écrivains de son temps.

Journaliste, il a donné le ton à la presse militante, non pas celle qui fait appel aux partis, mais cette presse vraiment impartiale qui ne puise ses raisonnements que dans sa conscience et ne s'inspire pas plus de l'obéissance passive au pouvoir que des plans d'un compétiteur. Quelquefois, il raille à la manière de Courier ou tire une conséquence comme M. de Girardin ; le plus souvent, il est lui-même, c'est-à-dire fougueux et sage comme peu de publicistes l'ont été depuis. En somme, il a laissé dans les *Annales* un des plus beaux monuments que nous ayons de patriotisme et d'éloquence.

Philosophe, enfin, et économiste, ses erreurs sont trop nombreuses pour que toute sa logique puisse les racheter; mais on l'étudiera avec fruit, et sa mémoire n'y perdra rien. — Les fautes de Hobbes et de Spinosa se retrouvent dans la doctrine de Linguet, et Bentham lui a emprunté quelques paradoxes. Si la nature et la raison y reçoivent de vives atteintes, peu de doctrines échappent à ce reproche, hormis cet ensemble admirable de principes qu'on invoque, avec un triomphe puéril, pour écraser les spéculations des penseurs. — Certes, le despotisme du philosophe de Malmesbury, la monarchie tempérée de Locke, le *Contrat social* de Rousseau font triste contenance à côté de l'Evangile, et ceux qui condamnent la *Théorie des Lois*, au nom de la religion et de la morale chrétiennes, font une bien facile besogne.

Politiquement, le régime que Linguet propose a fait ses preuves et semé d'époques glorieuses l'histoire des nations ; — les réformateurs qui, de nos jours, embrassant l'exagération contraire, ont prêché l'égalité pratique, n'ont-ils pas mis la société en péril, et sommes-nous bien sûrs que la lenteur qui préside à la marche de l'humanité n'est pas dans les vues de la Providence ? — On peut appliquer à l'auteur de la *Théorie des Lois* ce qu'Horace disait d'Ennius (1); mais, sans exagérer son importance, on ajoutera que, soit en défendant la monarchie contre l'esprit de désordre, soit en disputant la liberté aux entreprises démagogiques, il a courageusement soutenu les principes inviolables de la société et est mort pour elle.

(1) Si foret hoc nostrum fato delatus in ævum,
Detereret sibi multa. (*Sat.* 10, liv. 1er.)

OUVRAGES DE LINGUET.

1755. *Voyage au labyrinthe du Jardin-du-Roi.* 1 vol. in-12.

1758. *Les Femmes-Filles*, parodie d'*Hypermnestre*. 1 vol. in-12.

1762. *Lettre du mandarin Hocit-Ching*, sur les affaires des Jésuites In-12.

— *Epître en vers d'un J. de D. à un de ses amis*, sur les affaires des Jésuites. In-12.

— *Prospectus d'un nouveau théâtre de musique.*

— *Histoire du siècle d'Alexandre.* 2 vol. in-12.

1764. *Mémoire sur un objet intéressant pour la province de Picardie, avec un Parallèle du commerce et de l'activité des Français et des Hollandais*. In-8°. Abbeville, chez la veuve Devérité.

— *Troisième lettre*, par l'auteur dudit mémoire ; — on y examine comment et jusqu'à quel point la marée agit sur les rivières ; — on y donne une méthode nouvelle pour les excavations. — In-8°. Abbeville, chez la veuve Devérité.

— *Socrate*, tragédie. In-8°.

— *Nécessité d'une réforme dans l'administration de la justice et dans les lois civiles en France, avec la Réfutation de quelques passages de l'Esprit des lois*. In-8°. Amsterdam.

1764. *L'Impôt territorial ou la Dixme royale, avec quelques réflexions sur ce qu'on appelle la contrebande et l'usage de regarder comme inaliénable le domaine de nos rois.* La Haye. In-8°.

1765. *Lettre de l'auteur du mémoire sur la canalisation de la Somme.* In-8°.

— *Mémoire sur un projet intéressant la province d'Artois.* In-8°.

1776. *La Cacomonade,* histoire politique et morale, par le docteur Pangloss. Cologne. In-12.

— *Histoire des Révolutions de l'empire romain.* Paris. 2 vol. in-8°.

1767. *Théorie des Lois.*— Londres. 2 vol. in-8°.

1768. *L'Aveu sincère.* Lettre à ma mère sur les dangers de la carrière des lettres. In-8°.

— *Histoire impartiale des Jésuites.* 2 vol. in-8°.

— *Lettre sur la nouvelle traduction de Tacite, par Labletterie.* In-12.

— *La Pierre philosophale,* discours économique.

— *Théâtre espagnol,* trad. en français. 4 vol. in-8°.

— *Considérations sur l'utilité de réformer les lois* (réimpression de la *Nécessité d'une réforme,* etc., de 1764). In-8°.

1769. *Traité des Canaux navigables* (réimpres. des Mémoires sur l'Artois et la Picardie). In-12.

— *Histoire universelle du XVIe siècle.*— Suite de Hardion. 2 vol. in-8°.

1770. *Lettres sur la Théorie des Lois civiles.*

1771. *Réponse aux Docteurs modernes.*— Réfutation des économistes. In-8°.

24 Avril. — *Protestations et Arrêtés des*

Dames contre l'édit de 1770, le lit de justice du 13 Avril 1771, et tout ce qui a précédé et suivi. 1 feuille in-8°.

1774. *Du Pain et du Bled* (1er et 2e volumes des œuvres de M. Linguet).— Londres. 6 vol. in-12.

— *Du plus heureux Gouvernement* (6e vol. de l'édit. susdite).

1774-1776. *Journal de politique et littérature* (25 Octobre 1774 — 25 Juillet 1776).

1775. *Essai philosophique sur le monachisme.* In-12.

— *Théorie du Libelle.* In-12.

— *Compliment au Roi sur sa fête.*— 1 feuille (24 Août).

1777. *Lettre au comte de Vergennes.* Londres. In-8°.

— *Aiguilloniana.*— Londres. In-12.

1777-1792. *Annales civiles, politiques et littéraires* (Mars 1777 à Avril 1792). — 20 volumes.

1779. *Appel à la Postérité.* Bruxelles. In-8°.

1783. *Mémoire sur la Bastille.* Londres et Bruxelles. In-12 et in-8°.

1784. *Dissertation sur l'ouverture de l'Escaut.* Londres. In-8°.

— *Réflexions sur la lumière et la part qu'elle a au mouvement des corps célestes.* Londres. In-12.

1785. *Nouvelles Considérations sur l'ouverture de l'Escaut ou Observations sur le manifeste des Etats-Généraux* (du 3 Novembre 1784). In-8°.

1786. *Mémoire au Roi.* Bruxelles. Fort in-8°.

1787. *Plaidoyer,* par S.-N.-H. Linguet (suivi des Lettres de 1774 au duc d'Aiguillon). Bruxelles, in-8°.

1787. *Discours sur l'utilité et la prééminence de la Chirurgie sur la Médecine.* Bruxelles et Paris. In-8°.

1788. *Examen des ouvrages de Voltaire* (réimpression). Bruxelles. In-8°.

— *La France plus qu'anglaise.* In-8° de 149 p., avec cette devise : « *Principiis obsta.* » Bruxelles.

— *Quelle est l'origine des Etats-Généraux?* Paris. Broch. in-8° de 65 p.

— *Onguent pour la Brûlure.* Bruxelles et Paris. In-8°.

1789. *Légitimité du divorce, justifiée par les Pères, les Saintes Ecritures.* Paris. In-8°.

— *Serait-il trop tard?* Paris. In-8° de 43 p.

— *Point de banqueroute, plus d'emprunt et, si l'on veut, bientôt plus de dettes, en réduisant les impôts à un seul.* Paris In-8°.

1789, 1790 et 1791. Collection des ouvrages de M. Linguet relatifs à la révolution du Brabant. 2 vol. in-8°, contenant : 1° *Lettres à Trautmansdorff, 1788 et 1789;* — 2° *Observations d'un citoyen sur les évènements du 27 Juillet;* — 3° *Lettre du 28 Juillet 1789 à Trautmansdorff;* — 4° *Appel à la nation belgique;* — 5° *Lettre de Cobenzel, avec la réponse;* — 6° *Le Peuple belgique à Cobenzel;* — 7° *Lettre de Linguet au comité patriotique;* — 8° *Lettre à un membre de ce comité;* 9° *Lettre à l'Empereur,* 1er Novembre; — 10° *Code criminel de Joseph II;* — 11° *Lettre à l'Empereur,* 22 Décembre 1789; — 12° *Choix de Lettres paternelles de Joseph II.*

OUVRAGES ATTRIBUÉS A LINGUET.

1759. *Recueil sur la question de savoir si un juif, marié dans sa religion, peut se remarier après son baptême, lorsque sa femme juive refuse de le suivre.*— Quérard place la publication de cet écrit en 1761. — Nous avons vu une édition de 1759 (Amsterdam, 2 volumes in-8°). C'est une collection de plaidoyers ou mémoires de Loyseau, Moreau, etc.

1776. *Mémoire à consulter sur l'existence actuelle des six corps et la conservation de leurs priviléges.*— Signé Delacroix (Grimm et Diderot). — Avril 1776.

1778. *Philosophical and political Speculations* (Extrait des *Annales*). Londres.

1781. *Le Procès des trois rois : Louis XVI, Georges III et Charles III...* Libelle immonde, dont le véritable auteur est Bouffonidor (V. Barbier).—Quérard l'attribue à Linguet, alors à la Bastille.

1783. *Esprit de l'histoire générale de l'Europe depuis 476 jusqu'à la paix de Westphalie.*— Londres. Fort in-8°.— Née de la Rochelle (Biblioth historiq., 1803, n° 813) le place sous le nom de Linguet L'ouvrage est d'un grand style, et, sans la monotonie inséparable de l'amoncellement des faits, tiendrait un rang supérieur dans l'enseignement. Mais, outre qu'il n'a rien de la manière de Linguet, nous ne le voyons mentionné nulle part au dos des livraisons des *Annales*, qui sont couvertes de l'annonce de ses productions, notamment à dater de 1783.

1789. *La Caninomanie.* In-12.

1791. *Testament de Joseph II.* Petit in-8°.

Les mémoires judiciaires de Linguet sont disséminés à la Bibliothèque des avocats de Paris (*Collection Gaultier de Breil,— Mémoires anciens)* et dans les éditions d'Amsterdam, 1767, 7 vol., et de La Haye, 1776, 11 volumes.

OUVRAGES A CONSULTER POUR SA BIOGRAPHIE.

Journal de la Marne, 18 Avril 1810. — *Annuaire* de 1811. — Article de M. Gérusez, ancien génovéfain.

Notice pour servir à l'histoire de Linguet, par Devérité.—Liége, 1782.

Essai sur la vie et les œuvres de Linguet, par Gardaz. — Lyon, 1809.

Notice sur Linguet (Barreau moderne). Article de M. Dupin jeune.

Notice biographique sur Linguet (Annales de l'Académie impériale de Reims, 1842), par M. Derodé-Gérusez.

Linguet (Constitutionnel, 25, 26 et 27 Juillet 1854). Article de M. Charles Monselet.

Reims, Imprimerie de P. DUBOIS, rue de l'Arbalète, 9.

www.ingramcontent.com/pod-product-compliance
Ingram Content Group UK Ltd.
Pitfield, Milton Keynes, MK11 3LW, UK
UKHW020145200726
13856UKWH00003B/858

9 782011 7539